Ⓢ新潮新書

黛 まどか
MAYUZUMI Madoka

私の同行二人

人生の四国遍路

1073

新潮社

プロローグ――歩かざるを得ない生

逍遥する、散歩をすることを英語でsaunterという。

十九世紀半ばに『森の生活』を著したヘンリー・ソローによれば、この言葉は「中世に国中を放浪し、聖地へ（à la Sainte Terre）行くという口実で施しを求める怠惰な人々」が語源らしい。子供たちはそういった人を見てはサン・テーレ（聖地へ行く人）と囃し立てた。また、サン・テーレの由来をsans terre（土地無し・宿無し）とする説もある（ヘンリー・ソロー『歩く』山口晃編・訳、ポプラ社）。

日本で言えば、西行や松尾芭蕉は「歌枕」という一種の聖地を巡って歩いた人々だ。歌枕とは、歌によって鎮められ清められ続けてきた土地である。歌枕もまた〝口実〟であったかもしれない。

彼らは何かから逃れるように旅に出て、何かを追い求めるように歩いた。西行も芭蕉も定住することや家族を持つことを否定したという点で通じ、サン・テーレの語源の前者にも後者にも属する。

「歩く人は生まれるものにして、つくられるものではない」

とソローは言う。〝歩く人〟にとって歩くことは水を飲むことと等しく死活にかかわる。空を飛ぶことが鳥の〝生〟であるように、歩くために生まれる。歩かざるを得ない生を与えられたというべきかもしれない。

種田山頭火のような俳人も同類と言っていいだろう。架空の人物ではあるが〝寅さん〟もその一人ではないか。

彼らにとって定住は牢獄に等しく、苦痛に過ぎない。日常に身を置くとたちまち目詰まりを起こし、摩擦が生じる。他者とも、自分自身とも。自家中毒を起こしてしまうのだ。彼らはそれを吹っ切るように旅に出る。行先はいつも決まっていない。

旅そのもの、歩くことそのものが人生なのだ。

スワヒリ語で「歩く」を意味する言葉は二つある。「サファリ」と「テンベア」。サファリは特定の所用のための遠出を指し、テンベアは所用を伴わないときに使う。歩く人にとっての〝歩く〟はテンベアだ。

仮に聖地へ行くという〝口実〟があったとしても、彼らにとって聖地という点は実は重要な目的ではない。聖地に行きつくまでの〝間〟こそがすべてであり、歩くことそのものが目的だ。

私はこれまでスペインのサンティアゴ巡礼道800キロ、韓国のプサン―ソウル500キロ、熊野古道（中辺路・大辺路・伊勢路）、四国遍路1400キロと幾つかの道を歩いてきた。

いずれも目的はあった（つもりだった）が、今にして思えば単に〝口実〟だったのかもしれない。旅をするようになって気づいたのだが、もともと私は日常のルーティンには弱いが、予想外の出来事には強いらしい。見知らぬ土地を歩いていると、自分でも驚くほど生きる力を発揮する。思いもかけない出来事に遭遇したときや、道に迷ったときほど命がいきいきと躍動するのを実感する。

しばらく旅をしないと、そわそわとして身体の芯が定まらなくなり、何をやっても空回りするようになる。寅さんが家族や隣の工場の社長とちょっとした口喧嘩から揉め事を起こすように。そして上着一枚とトランクを持って家を出ていくように、私もリュックを背負って旅路へと発つ。サン・テーレ、しばしのあいだ「歩く人」になるために。

書くことと歩くことは似ている。歩いているといつもと違う思考を辿り、ひらめきが訪れる。躓くことも道に迷うことも発想の源泉だ。歩くように書き、書くように歩く。本書はその遍路行をたどったものだ。

二〇一七年に最初の遍路をした時から、生涯で三回は遍路をしようと決めていた。「一度は父のため、一度は母のため、一度は自身のため、三たび巡礼せよ」（真鍋俊照『四国遍路を考える』NHK出版）。

この一節に出会ったことが、私が遍路を始めるきっかけだったからだ。結願《けちがん》後は八十八番霊場大窪寺《おおくぼじ》に金剛杖《こんごうづえ》を納める人も多いが、私は家に持ち帰った。あとの二回も同じ杖で巡拝するつもりだった。

が、遍路から三年後の二〇二〇年十月二十一日、父が他界した。突然の癌の告知からたった三週間で逝ってしまった。奇しくも弘法大師空海の縁日である〝二十一日〟に旅立った父の棺に、持ち帰った金剛杖を納めた。「父のため」に歩いた一度目の遍路であった。

二〇二三年の秋、二度目の遍路をすることにしたのだが、決断までに六年の歳月が流れたのには幾つか理由がある。まず、父を送った直後から母が要介護の身となった。重い心臓の病を抱えている上に癌も発症した。その母を置いて長期間家を空けることは到底無理だと思われた。

そしてもう一つの理由は、最初の遍路があまりにも素晴らしかったことにある。ことに遍路後半に出会ったドイツ人青年は、私にはない視点を持っていて、多くの気づきを与えてくれた。この時のことは以前上梓した『奇跡の四国遍路』（中公新書ラクレ）に書いているので詳しくは触れないが、あれ以上の遍路はできないのではないか……失望することを私は怖れた。

「私なら一人で大丈夫だから、行ってきたら？」。ウクライナ人の句集を出版するという大きなプロジェクトに区切りがついたその年の夏、母が不意に切り出した。

歩くことがとにかく好きな私が六年も歩いていないのだ。仕事、看取りと看護の日々……娘にそぞろ神がつきはじめているのを察知したのだろう。訪問診療のスタッフはもとより、ご近所、友人、親戚にもお願いし、見守りセキュリティも設置して、二度目の遍路に出ることになった。

秋の声遍路を思ひ立ちてより　まどか

前回は四月から六月にかけて、先々で花が咲き乱れる春遍路だったので、今回は紅葉の下を行く九月からの秋遍路にしようと決めていた。

そして八十八霊場に加えて、別格二十霊場も併せて巡拝することに決めた。「別格霊場」とは八十八か寺以外の空海ゆかりの二十か寺で、八十八か寺とあわせて煩悩の数・百八になる。選択肢があるルートは前回と違う道を歩くことにした。彼岸の頃に出立すれば少しは涼しくなっているだろう。百八か寺、1600キロ、約二か月の予定だ。

ところが八月の半ば過ぎ、これから準備にとりかかろうとした矢先にコロナに罹患した。こともあろうに病身の母にも感染させてしまった。

遍路の出立予定日まで三週間を切っていたが、まだ登山靴さえ買っていない。のどの痛みとひどい吐き気にお粥を啜りながら気持ちは焦るばかりだ。出立の数日前に足元さえおぼつかない状態で上京し、リュックや登山靴などを購入。真新しい靴は家の中でたった一日履いただけだ。

「延期しては?」と心配する声もあったが、やりくりした遍路後の予定が詰まっているため、今さら変更は難しい。六年前は不安の中にも期待感が溢れていた。しかし今回は不安しかなかった。その不安を払拭するように自分を鼓舞した。きっと自然の中を歩けば回復するだろう、と。

九月十七日寅の日に遍路を開始すべく、その前日に家を出た。寅の日は旅立ちに適した日であり、また弘法大師空海が実践した求聞持法《ぐもんじほう》の本尊虚空蔵菩薩《こくうぞうぼさつ》（寅年生まれの守護本尊）にも因《ちな》む。

地元の路線バスに乗ると、次の停留所で知人の高齢の女性が乗ってきた。父が創刊主宰した俳句誌の会員さんだ。女性は私の顔を見るなり興奮気味に言った。「不思議だねえ！　ちょうど今あなたのお父さんのことを考えていたんだよ」。そして手提げから拙著（『奇跡の四国遍路』）を取り出した。「どこへでもこの本を持ち歩いて読んでいるの。もう四国へは行けないから、本でお遍路をしてるんだよ」。

滅多に会うことのない彼女とばったり会い、しかも彼女の方から遍路の話が出たことに驚いた。そして遍路へと私を導く何かの力を感じずにはいられなかった。二度目の遍路に出かけるところなのだと告げると、彼女は目を瞠《みは》った。「えっ、今から?!　気を付けて。また本に書いとくれよね！」。

四国八十八か所札所・四国別格二十霊場一覧

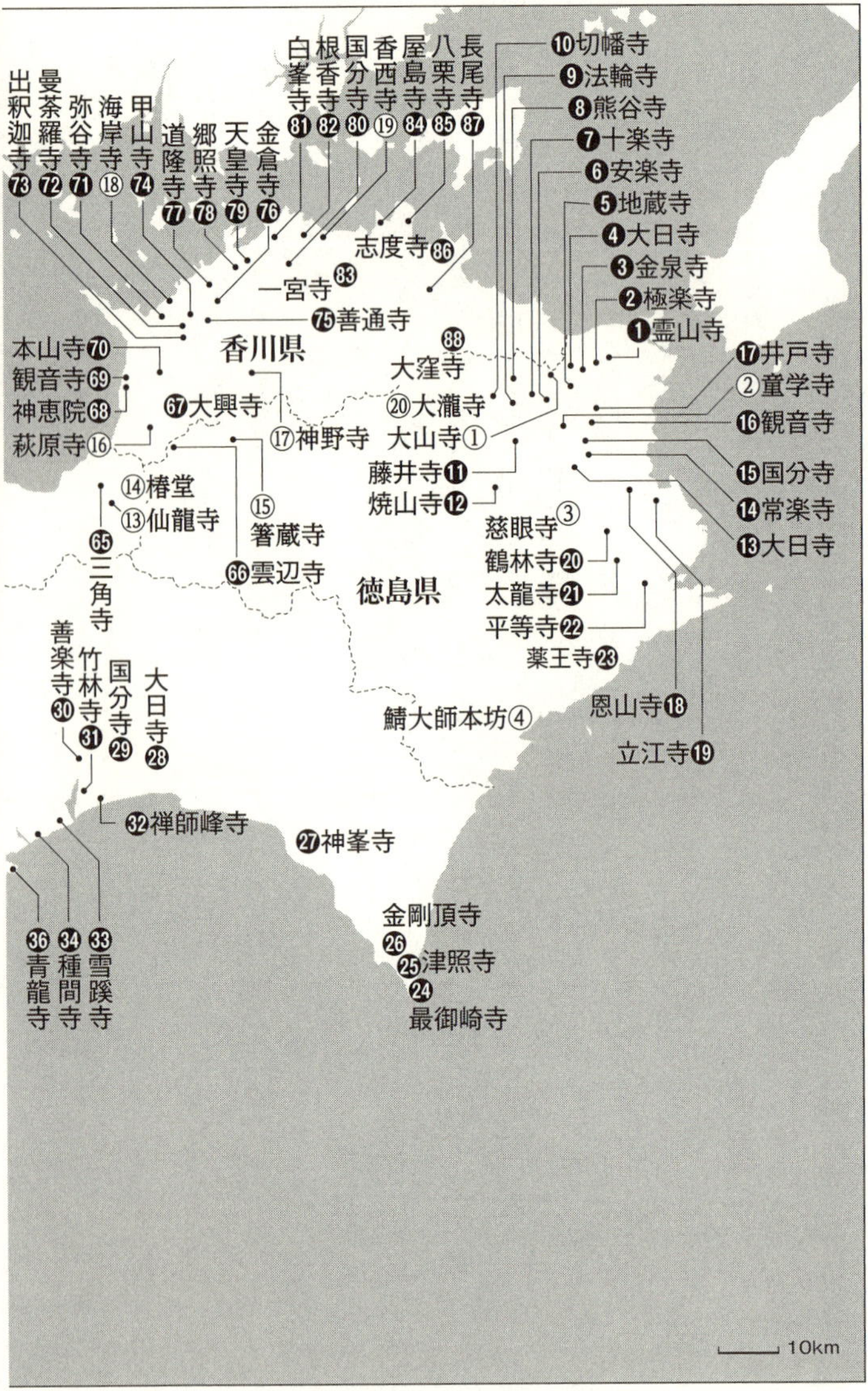

❶〜88 四国八十八か所札所
①〜⑳ 四国別格二十霊場
延命寺⑫
55南光坊
59国分寺
延命寺54
泰山寺56
⑩西山興隆寺
栄福寺57
⑪生木地蔵
仙遊寺58
円明寺53
51石手寺
63吉祥寺
太山寺52
50繁多寺
浄土寺49
西林寺48
64前神寺
香園寺61
文殊院⑨
横峰寺60
八坂寺47
46
浄瑠璃寺
宝寿寺62
大寶寺44
45岩屋寺
出石寺
⑦
⑧
永徳寺
愛媛県
高知県
清瀧寺35
明石寺
43
仏木寺
大善寺⑤
42
41
龍光寺
⑥
龍光院
岩本寺37
観自在寺40
39延光寺
38金剛福寺

本文中、写真は著者提供。
地図原案：アトリエ・プラン
制作：株式会社クラップス

私の同行二人——人生の四国遍路……目次

1　遍路というトポス

形見の念珠と共に

九月十七日、徳島市内のホテルに前泊した私は、JR高徳線で一番札所霊山寺《りょうぜんじ》の最寄り駅板東《ばんどう》駅へと向かった。二輌列車の中にたった一人お遍路さんらしき若い外国人男性が座っていた。歩きのお遍路さんは今や日本人よりも外国人の方が多いくらいだ。「お遍路ですか？」声をかけると、俄《にわか》に顔をほころばせて隣の席に移ってきた。

ドイツから来たという二十六歳。二度目の遍路で、前回歩き終えた三十四番種間寺《たねまじ》からスタートするそうだ。杖と白衣を買いに霊山寺に立ち寄り、そのまま高知へと向かう。身体も大きいが声も大きく、とにかく明るい。

「どうして遍路をすることにしたの？」と尋ねると、ふっと真顔になった。「わかりません。でも遍路には何か特別な力があります」。

仕事で悩み、心身ともに病んでいた状態で最初の遍路にやってきた。そして遍路を機に人生を転換することにしたという。

「帰国したら、ソーシャルワーカーとして新しい職場で働くんです」「道行く人に〝お接待〟をする四国では、すべての人がソーシャルワーカーね」

お接待とは無償で施しをする慣習だ。私がお接待文化に触れると、彼は何度も深く頷いた。「確かに、彼らは真のソーシャルワーカーだ！」。

第一次大戦下のこの町に、ドイツ兵俘虜《ふりょ》収容所があり、俘虜を人道的に処遇したことは有名な話だ。住民と俘虜の間にはさまざまな交流も生まれたという。お接待、善根など遠来の客を寛容に受け入れもてなすという精神と習慣が風土に根付いていたからこそだ。この地にそのような歴史があったとは、彼は思いもしないだろう。

新品の白衣をまとい金剛杖を携えてすっかりお遍路さんになった彼と共に参拝する。霊山寺は弘法大師の念持仏であった釈迦誕生仏を本堂に納めることから、四国八十八か所の第一番札所と定められた。

「気を付けて、良き巡礼を！」山門で握手を交わすと、大きなリュックをゆすりながら真昼の板東の町へと消えていった。

おのが振る鈴とむつんで秋遍路　黛　執

1600キロに及ぶ「同行二人《どうぎょうににん》」の旅がふたたびはじまる。

二度目の巡礼は「母のため」だが、父の供養も大きな目的の一つだ。父には遍路を詠んだ名句が多い。私の遍路記（前掲）を読み、歩き遍路に強く興味を示した。「あと三十歳若ければ、歩いてみたかったたな……」。

登山が趣味だった父は何度もそう呟いた。心臓や腰に疾患があった父には叶わぬ夢だった。同行二人、遍路中はいつも弘法大師空海が一緒にいてくださるが、亡き父も共にいてくれるはずだ。身体を持たぬ今なら楽に巡拝できるだろう。

私は遺影と父の念珠を丁寧にハンカチにくるんで、リュックのポケットに入れて来た。我が家の菩提寺は曹洞宗だが、これは高野山で買ったもののようで、念珠袋には「高野山」と刺繍されていた。父がいつ、なぜこの念珠を求めたのか訊くすべはもうない。念珠の親玉を青空に透かして見ると、弘法大師の御姿がくっきりと浮かび上がった。

秋遍路のつもりで彼岸の頃を選んだが、この年（二〇二三年）の九月の残暑といったら度を超していた。秋風どころか熱風が全身にまとわりつき、日向《ひなた》を歩いているとあっという間に汗だくになる。

午後三時、既に自販機でミネラルウォーターを買うこと三度。それでも身体の中に焼け石を抱え込んでいるように、渇きが突き上げてくる。たまりかねて四番大日寺《だいにちじ》へと向かう途中の寺で水を求め、ペットボトルに詰めた。

ところで、札所を巡拝することを「打つ」というが、これは納め札が今のように紙ではなく木製や銅製だった時代に、札を本堂や大師堂の柱などに釘で打ち付けていた習慣に由来する。

四時二十五分、大日寺に到着。四時半以降は燈明や線香を供えてはいけないというので、札を納め、般若心経を唱える。すると道中で度々顔を合わせた日本人と外国人の男性二人連れと再会した。聞けば連れではなく今日たまたま出会ったのだという。

外国人は三十代後半のドイツ人でフィリップと名乗った。遍路をするつもりで来たのではなかったが、巡礼者を見ていたら関心を持ち、四番札所まで歩いてきたと言う。たしかに軽装だ。

「今夜の宿を決めていないらしいんです。すみませんが、あなたの泊まる宿に交渉してあげてくれませんか？」日本人のお遍路さんに頼まれて、ひとまず一緒に宿へ向かうことになった。

今から電話で空室を確認しますね、と私が言うと、フィリップは「それはスマートですが、宿に着いて部屋があるかないか訊くことにします」と言う。なかったらどうしますか？　そう重ねると、「なんとかなるでしょう。今回の旅はすべて成行きに任せると決めてきました。そしたらすべてがより素晴らしい方へといくんです！」。

途中、柿を拾って食べたり、蟷螂《かまきり》を摑まえたり、そうかと思えばじっと佇んで古い日本家屋を愛でたりと好奇心旺盛だ。

宿は素泊まりのドミトリーなら空いているということだった。「パーフェクト！」彼はコンビニに夕食と着替えの下着を買いに出かけた。結局私の食事もドミトリーに運ばれて、遍路初日の夕食はドミトリーの若者たちと共にすることになった。フィリップはフランクフルトで〝禅〟の修行をしているそうだ。それぞれの食事を分け合いながら話が弾む。

貧困に苦しむ子供たちのためにチャリティ活動をしているというフィリップ。「いつか僕も遍路をしながら募金を集めたいと思います。その時はあなたもまた歩いて、子供たちのために俳句を詠んでください。素敵なアイディアでしょう?」。

これこそ巡礼者の食事だ。体調が回復せず食欲のない私に彼が言った。「胃が悪いのは考え過ぎだから。考えたことは脳の中で堂々巡りさせずに、口に出して、自分を赦して」。それは前回の遍路の結願間際に何人かの人に言われた言葉と同じだった。「考え過ぎないことです」……。出会いによってもたらされた、たくさんのメッセージは不思議なくらい符合し、連続し、紡ぎ上げられた。それは、あたかも一つの意思に拠るかのようだった。

今回の遍路でも、見知らぬ人々との出会いを通してきっとメッセージを受け取るに違いない。確信はあったが、既にもう始まっているようだ。

ややあって彼が言った。「明日、遍路に同行させてもらえますか?」。断る理由はない。明日は小高い山の中腹に建つ別格一番大山寺《たいさんじ》を打つ。

夜十一時、お遍路さんにしては夜更かしをして布団に入った。

不思議な道行

翌朝七時過ぎに宿を出発した。大山寺へ向かう前に、五番地蔵寺《じぞうじ》を打つ。本堂と大師堂で読経をしている間、フィリップは樹齢八百年と伝わる大銀杏の木蔭でその様子をじっと見ていた。読経といっても私の場合は般若心経と各寺のご本尊真言、ご宝号を唱えるのみだ。ご詠歌もご和讃も唱えないのでさして時間はかからない。

「奥の院に五百羅漢があるようです。行ってみませんか?」。大山寺参拝を控えている

ので、私一人ならまず奥の院へは行かなかっただろう。〝成行き〟に任せることにし、奥の院を訪ねた。

「コ」の字型に配置された五百羅漢堂は、まだひっそりと冷たい静寂の中にあった。中央の釈迦堂に鎮座する釈迦如来像を取り巻くように、木造等身大の羅漢像が並ぶ。大正時代に大部分が焼失し今は二百体程の羅漢が喜怒哀楽の表情を浮かべている。その中に必ず亡き人に似た顔があるという。

ここに来たのは父に会うためだったのか。私は父を探した。羅漢のどの一つも見逃すことのないよう、端からつぶさに見ていった。が、みなインド風もしくは中国風の顔つきで、父に似た顔は一つとして見つからなかった。そんなものかとがっかりして外に出ると、フィリップが待っていてくれた。

大山寺への道はしばし徳島自動車道に沿って歩く。高速道路という日常と遍路という非日常がすれ違う。車が騒音を立てながら走り抜けていく。こちらは大きな荷物を背負い、鈴の音をこぼしながらかたつむりのような歩みで進む。

つい二日前には私も高速バスに乗っていたのが夢の中のようだ。思えば私たちは、何というスピードで日常を生きていることか。

今日の最高気温の予報は32度。日向のアスファルトの路面温度は40度以上になっているはずだ。今日ももう二本目のペットボトルを飲み干してしまった。太陽から逃れるように小さなトンネルに入ると涼風が吹き抜けた。

露草、葛の花、ホトトギス、水引草、萩……暑さとは裏腹に草花はすっかり秋にある。しだいに右膝に痛みを感じるようになっていた。前回の遍路で左膝の靭帯を傷めてしまい、古傷は今も運動をすると痛む。しかし今日は右膝だ。嫌な予感が過《よぎ》ったが、きっと明日になれば回復するだろうと気持ちを切り替えて歩く。

十一時過ぎに大山寺の山門に到着。さらにそこから古びた石段が二百六十段、上に向かって伸びていた。ご本尊は千手観世音菩薩。読経を終えると、納経所で別格霊場初の御朱印をいただいた。ここ大山寺のように別格霊場には山中にある寺が少なくない。三番慈眼寺《じげんじ》や七番出石寺《しゅっせきじ》、後半に連続する別格霊場も、遍路道からはだいぶ離れた山中にある。その一つ目をようやく納めたのだ。安堵感と共に膝の痛みと不安もまた頭をもたげる。が、先々のことをあれこれ心配しても仕方がない。〝成行き〟に任せるとしよう。

弁当を食べて山を下りはじめると、道端に1メートル近い蛇が横たわっていた。鱗で覆われた黄色味がかった皮膚にはまだ艶があり、どうやら死んで間もないようだ。「ドイツではこんなに大きな蛇は見ません」フィリップは屈むとそっと蛇を撫でた。「ああ、君の皮膚はこんな感触をしていたんだね……初めて知ったよ」そして、ありがとうと言うと蛇から離れた。

その後もフィリップは蝶の大きさに驚き、蜥蜴《とかげ》の美しさを称えた。彼のこころと五感は常に開かれていた。

下りはじめて右膝の痛みが一気に増した。休憩のため四阿《あずまや》に入った途端、ばらばらと雹《ひょう》が降るような大きな音がした。大風が吹き、したたか団栗《どんぐり》を落としたのだ。

「きっと山が歓迎してくれているのね」

風や雨、花、鳥、虫、団栗などを介して、自然が呼びかけてくるような、親しんでくるようなことがある。遍路でこのような瞬間に出遭うたびに私は〝命の根源〟を思う。人も自然も根源は同じではないか。

そして〝霊性〟を考えずにはいられない。遍路では〝仏性〟と言う方がふさわしいかもしれない。一切衆生悉有仏性《いっさいしゅじょうしつうぶっしょう》というように、あらゆるものが本来もっている「仏」としての本性だ。

また遍路道に遍在する〝意思〟のようなものを感じる。五百羅漢も、蛇も、団栗も、この不思議な道行も、目には見えないものの〝はたらき〟の顕れではないか。そんなことを話しながら、遍路ではいきなり深い話ができるのだと言うと、フィリップは頷いた。「遍路とはそういう場〝トポス〟、ですね」。

遍路は来るものを拒まず、弘法大師は誰にでも寄り添う。そして囁き続ける。ある時は風となり、雨となり、花となり、木の実となり、月となり、星となり、ある時は道行く人の口を借りて、呼びかけ続ける。それらの〝サイン〟を受け取れるかどうかは、こちら側にかかっている。私たちが気づかなくても、大師が諦めることはない。それが同行二人なのだ。

うどんを食べた後、バスで徳島市内へ戻るフィリップと別れた。「君と出会わなければ、こんなに素晴らしい旅にはならなかった。ありがとう」。それはあなたが〝成行き〟を信じたからよ、と答えると彼は目に涙を滲ませた。

「Life is beautiful... should be beautiful.　もし僕らが〝執着〟を手放すことさえできれば」

観音の千手に余る木の実かな　まどか

2　人生というつづれ織り

邂逅

七世紀後半、修験道の祖とされる役小角《えんのおづぬ》が石鎚山《いしづちさん》で修行をしたことで、四国は山岳信仰の場となり、天平年間には法相宗《ほっそうしゅう》の高僧行基《ぎょうき》が四国を巡り歩いて教えを伝えた（巡《じゅん》錫《しゃく》）。やがて海岸をめぐる辺地《へじ》や山岳で修行をする修験者たちが現れる。若き日の空海もその一人だった。

当初の遍路は専ら宗教者によって行われていた。今のように一般庶民が遍路をするようになったのは江戸中期とされる。一六八七年、高野聖の眞念が『四國徧禮《しこくへんろ》道指南《みちしるべ》』を刊行し、庶民向けに修行者たちとは違う安全なルートを記した。「同書の刊行は、修行の「辺路」から巡礼の「遍路」への画期となった」（愛媛大学四国遍路・世界の巡礼研究センター編『四国遍路の世界』（ちくま新書）収録、胡光《えべすひかる》「はじめに」）。

そうした発展の中で、遍路は物見遊山的な娯楽性も伴うようになった。他方、難病を抱えたり、罪を犯したりして故郷へ帰ることができなくなった人たちが遍路に出るようになる。彼らは托鉢（修行）をしながら生涯四国を巡り続けた。職業遍路、草遍路と呼ばれる人たちだ。現在も少ないながら修行の遍路や草遍路がいる。

しかし、圧倒的に多いのはそれ以外の人たちだ。老若男女、目的はさまざまだ。近年ではSNSの発達により外国人が急増している。歩き遍路の半数を超えるというデータもある。晴と褻《け》、聖と俗、また多宗教・多人種を抱え込む四国遍路は、多様性が渦巻いている。

朝七時、六番安楽寺《あんらくじ》境内の池のほとりに巨漢の外国人が寝そべっていた。全身にタトゥーが入っていて、まるで錦鯉みたいだ。もし白衣を着ていなかったら、とても話しかける勇気はなかっただろう。

「Good morning!」思いきって挨拶をすると、髭の中から思いもよらない愛らしい笑みをこぼした。

朝から右膝がズキズキと痛む。きっと古傷の左膝を庇いながら歩いていたのだろう。尤《もっと》も数日前まで寝込んでいたのだ。身体のどこが故障を起こしても無理もないことだ。今日の最高気温は33度の予報。十一番藤井寺《ふじいでら》までの25キロの道筋にはあまり木蔭がなく、日本最大とされる吉野川の中洲は免れようのない暑さが容易に予想された。

六年前桜の下をくぐった八番熊谷寺《くまだにじ》だが、今日は萩の花を分けて入る。納経所脇の日蔭でタトゥーの外国人や茶髪の女性が休んでいた。タトゥーの彼はニューヨークから来ていた。みな異常な残暑に閉口している。「わたし、お遍路なめてました」女性が煙草の煙を吐きながら言った。

私も然り。お遍路の厳しさは知っていたが、九月の四国をなめていたと思う。彼女は遍路ころがし（難所）で有名な十二番焼山寺《しょうさんじ》の手前で離脱することにしたそうだ。

「これじゃあ、夏のお遍路や」……宿の主の言葉が度々甦る。明日の焼山寺は標高706メートルにある山岳札所で、三つの山を一日で越えなくてはならない。暑さが体力、気力、食欲と何もかもを奪っていく。ひどくなる一方の膝の痛みをこらえながら、この身体で登り切ることができるだろうか。

意識が朦朧としかけた時、後ろから来た車が止まり、運転席の男性が声をかけてきた。「暑い中大変ですね。今日はどこまで?」。十一番藤井寺までだと答えると、「あれ、もしかして黛まどかさんじゃないですか?」と声を上げた。男性はTさんといった。興奮して車から降り、捲し立てるように話し出した。Tさんは地元の人ではなく、今日たまたまこの道を通ったそうだ。それから驚くことを口にした。「木岐の名田さんが……」。

名田さんとは、三十年近くお接待を続け、仲間と共に地元（徳島県美波町木岐）の遍路道に「俳句の小径」をつくった女性だ。数年前、拙著を読んだと丁寧な手紙をくださり、何度かやりとりをしていた。木岐を通るときにはお訪ねしようと、手紙を持参していたのだ。その名田さんの名前が、行きずりの人の口から出たのだ。今度はこちらの方がすっかり興奮してしまった。

お大師様のお導きだろうか。予想だにしなかった不思議な出来事は、私に聖書学者H・S・クシュナーの一文を想い起こさせた。

「人生を私たちの側からながめるなら、神の処罰や報奨の形は、独断的で構図もない、まるで裏から見るつづれ織りのようです。しかし、私たちの人生を外から、神の側から見てみると、ゆがめられたものや結び止められたもののそれぞれが、素晴らしい構図を生み出すために適切な位置にあり、立派な芸術作品を作り出していることがわかるというのです」（『なぜ私だけが苦しむのか』斎藤武訳、岩波現代文庫）

名田さんのご子息は二十歳で難病を発病。長い闘病の間にはご主人が他界され、その後ご子息も四十二歳の若さで亡くなっている。長きにわたり善根を積まれてきた人が、なぜそのような目に遭うのか。

善人が災いに襲われなければならない問題について劇作家ソーントン・ワイルダーの著書を引きながら解説する〝つづれ織り〟のメタファーは、名田さんの多難な人生をなぞる時、俄に説得力を持つ。

「私たちの側」から見ている世界だけがすべてではない。いまこうして私が立っている場所にも、過去の様々な出来事や、数えきれない人々の感情が堆積し、念や縁となって縦横無尽に存在している。それらは少なからず現象世界に影響を与えている、そう考えてしかるべきだろう。げんに、あと数分この場所を通るのが遅くても早くてもTさんには行き合わなかったのだから。

車が去った後、額を流れる汗に目をしばたたかせながら、今起こっていることを整理しようと必死で頭を回転させていた。しかし考えれば考えるほど、この摩訶不思議な邂逅も「神の側」から見れば芸術的な〝つづれ織り〟の一部に思えてくるのだった。

草いきれ溺れるやうに日が沈み　　まどか

遍路ころがし

九番法輪寺《ほうりんじ》を打ち、細い車道を十番切幡寺《きりはたじ》へ向かって歩く。が、暑さと右膝の激痛でなかなか前に進まない。脛も痛み出した。

切幡寺は本堂へと続く長い石段がある。なんとか参拝は果たしたが、下りでいよいよ右膝が悲鳴を上げはじめた。一歩につき20センチほどしか進まない。既に二時を過ぎていた。その様子を見ていた参道の仏具店のご主人が車で送りましょうか？　と申し出てくれた。

「本当は完歩（全行程を歩きとおすこと）されたい方ですよね？」。一口に歩き遍路といっても、たとえ1メートルでも交通機関は利用したくない人と、利用できるところは利用する人に大きく分けられる。「でも今のままでは明日の焼山寺は難しいでしょう。早めに宿に入って脚を休ませた方がいいと思います」。

前回の私ならお気持ちだけ受け、歩いたと思う。しかし今回は体調が万全でない上に別格二十霊場参拝もあり、まだまだ先が長い。お言葉に甘えて藤井寺近くの宿まで送っていただくことにした。

この日の宿泊者は男性二人に女性二人。コロナの感染対策で食堂ではテレビに向かって横並びに座る。向き合わないので隣の若い男性としか話ができない。前列の男性は見覚えのある横顔だった。初日に出会った横浜からのお遍路さんだ。

「ここで一緒になりましたね！」私の声に男性が後ろを振り向いた。遍路道で彼は荷物の重さをぼやいていた。聞けばスマホ五台とモバイルバッテリー四台を持ってきているという。様々な機能を駆使してフル装備で臨んだようだ。遍路の間くらいデジタルデトックスしませんか？　つい余計なことを言ってしまったが、男性は「できません」と爽やかに返した。

明日は最初にして最大の〝遍路ころがし〟焼山寺だ。期待と不安で話が膨らむ。先ほどから背中しか見えない若い女性が気になった。「お隣の方も明日は焼山寺を打ちますか？」声を掛けると、くるっと身体を反転させた。「迷っているんです。初めてなので心配で……」とても不安そうだ。「だったら一緒に登りませんか？　険しい道のりだからみんなで登った方が楽しいし！」。

翌朝六時、四人揃って宿を出た。右膝は昨日少し休ませたのでなんとか凌《しの》げている。七時半、藤井寺境内から焼山寺を目指して山道を登りはじめる。距離にすれば13キロほどだが、三つの山を登っては下るという行程だ。

横浜の男性がお地蔵様の前で立ち止まった。どうやらポケモン・ゴーも進行中のようだ。「こういう所に面白いモンスターがいるんですけどね。先を急ぐので止めておきます」。私はお地蔵様の傍らに咲く野花の方が心惹かれるのだが。

同じ道を歩いているようでも、それぞれに見えている風景も見ているものも違うのだろう。認知科学によれば、人は見えるものではなくて、見たいものを見ているのだという。ただ〝歩く〟ということだけが私たちを等しく貫いている。

端山《はばやま》休憩所に着いた。吉野川を見下ろす眺望は良いが、事前に注意されていた通りスズメバチが物騒な羽音を立てて、周囲を飛び回っている。冷や冷やしながら、休息もそこそこに私たちは再び歩き始めた。

焼山寺への道には今も遍路墓が残る。その下には遍路の途上で息絶えた人々が地元の人たちによって葬られ、今も眠っている。ほとんどが江戸後期から明治期のものだ。かつて遍路は死出の旅でもあった。

「昨夜声を掛けていただいて本当に良かったです。一人では歩けませんでした」女性は智恵さんといい大阪から来ていた。お遍路さん同士は暗黙の了解として動機を尋ねることはしない。重い理由を背負って遍路をしている人が少なくないからだ。

しかし私は外国人と若い人には遍路の理由を訊くことがある。「お若いのに、よく一人で遍路を決意しましたね」振り返って尋ねると、智恵さんが言った。「母を亡くしたんです。昨年の春」。

3　歩き遍路が抱えているもの

遍路の理由

終始他者に気を配り、控えめな智恵さん。どれ程の悲しみを抱えて遍路にやってきたことだろう。「お母様が守ってくださっていますよ」「こちらに来てからそう思うことが度々あります」。

私は自分自身のことを話した。三年前に父を亡くしたこと。父への思慕と喪失感が今もふいに突き上げてくること。悲しみは時間では解決しないと思っていること。そして父に守られていることを折々に実感していること、など。首に巻いたタオルで額の汗を拭ったあと、彼女が言った。「歩き遍路で何も抱えていない人なんていないと思います」。

男性二人は立ち止まって私たちが追いつくのを待ってくれていた。焼山寺への途中にある柳水庵《りゅうすいあん》で少し長い休憩を取り、一旦下ると、今日二つ目の山を登りはじめる。既に一生分と言えるほどの汗をかいた。

藤井寺から歩くこと8キロ、標高745メートルの浄蓮庵《じょうれんあん》に着いたのは正午少し前だった。石段の先に杉の古木（左右内《そうち》の一本杉）を背にした大きな大師像が待つ。「よく来たな」とでも言っておられるように。左右内の一本杉は途中から幾本にも分かれた幹が八方に枝を張り、光背のようにも火焔のようにも見える。

六年前、初めてこの大師像に迎えられた時の感動……大きな腕で抱きしめられたような安心感。お大師様はすべてを見ておられる、常に遍路を導き見守ってくださっているという確信を得た瞬間の、あの感動に再び包まれた。

広げる昼食は宿で作ってもらった弁当だ。「あ、これも立ってる！」横浜の男性がスマホを一つ一つ掲げて電波状況をチェックする様子を、おにぎりを頬張りながらみな微笑ましく見ている。

浄蓮庵からは登った道の半分くらいを一気に下り、三つ目の山を標高706メートルの焼山寺まで一気に登る。〝阿波青石〟と称される緑泥片岩《りょくでいへんがん》がむき出しになった山道は滑りやすく足元から目が離せない。

前回よりもきつく感じられるのは暑さのせいだけではないだろう。コロナですっかり落ちた体力を痛感する。「ひえ〜っ！」前方で若い男性が悲鳴を上げた。「あとどれくらいですかぁ?」デジタルデトックスを勧めておきながら、すっかりアプリを頼りにしている。「距離ではあと800メートル程ですが、等高線の間隔が狭いのであとどれくらい時間がかかるかはわかりません」。

もうおしゃべりをする余裕は誰にもない。ただ杖の音と鈴の音を響かせながら、汗をかき身体を動かし続ける。黙れば黙るほどこの一見バラバラな四人は溶け合い、繋がりは深まっていく。

二時四十五分、杉の巨木に囲まれた焼山寺の山門にようやくたどり着いた。焼山寺は先にふれた役小角によって開基された。弘法大師が修行した虚空蔵求聞持法にちなみ、虚空蔵菩薩を本尊に祀る。虚空がすべてを蔵するように無量の福徳・智慧を具《そな》えて、大宇宙の如く大きな功徳で衆生を救う菩薩だ。

求聞持法というのは、虚空蔵菩薩を本尊として修する行法で、定められた期間に真言を百万回唱えることによって、記憶力を増大させることができるとされる。焼山寺はまた、四国遍路の元祖とされる衛門三郎《えもんさぶろう》終焉の地である。

ここで石段を下りてきた巨体のタトゥー男性と再会した。「もうすぐだよ！」。彼もまた全身汗まみれで足を引きずっていたが、髭面の中から赤ちゃんのような無垢な笑みをこぼして言った。

参拝の後は、今日の宿「すだち庵」まで下るだけだ。最初の遍路ころがしを無事終えた安堵感で、栗を拾ったり写真を撮ったりとピクニックのようになった。宿に着いたのは五時過ぎだった。

コロナ以前から経営者の高齢化により、多くの遍路宿の存続が危ぶまれている。二〇二一年に大阪から移住してきたご主人は、クラウドファンディングで資金を募り、一時閉鎖されていたこの宿を改修し再生した。この場所に宿がなくてはお遍路さんが困る。かつて自身も遍路を経験した主人の遍路への謝意だ。一期一会が多い遍路では、恩は返すのではなく次に送るものと言われる。いわゆる「恩送り」だ。

ニューヨーカーの彼は先に宿に着いていた。名前はリッチー。タトゥーが大好きで、常に新しいものを施していたいのだそうだ。この後日本で新たにタトゥーを入れていくのだと嬉しそうに語った。

遍路でなければ彼のような人物と知り合うことも、親しく話をすることもないだろう。だいいち出会ったとしても、声をかけることはなかった。都会で日常に流されていると、すべての感覚が閉じている。しかし四国の自然の中を歩いていると、五感や心が開いていくのを実感する。何に対してもオープンになれるのだ。

小さな食堂で数人ずつ入れ替え制で夕食のカレーを食べる。私たち四人は後半のグループになった。共に焼山寺を打った同士、話が盛り上がる。「三つ目の山を登りはじめたときにはふらふらでしたよ」「遍路ころがしでポケモンしてるし!」「でもアプリ情報に助けられたよね」。身体は疲れ切っているが、達成感も手伝ってかみんなハイテンションだ。「さあ、もう十時です。お遍路さんは寝る時間ですよ」。ご主人に促されてお開きとなった。

人よりも案山子の多き村なりき　まどか

遍路五日目、まさかの転倒

翌朝、日本人だけで宿を出発。私を除いて皆若い。少し歩いたところで宿の車が追いついた。助手席にはリッチーが身体を小さくして座っている。膝を傷めてしまいこれ以上歩けないようだ。「あら、もうお遍路を止めるの？」肩をちょんちょんと突いてからかうように言うと、彼はますます身を縮めて、子供のようにはにかんで頷いた。

玉《たま》が垰《たお》を登り神山町の集落に出たところで霧雨が降り出した。一斉にレインコートを取り出して羽織るが蒸し暑くてたまらない。今日の最高気温は34度の予報だ。

前回、桃源郷のように美しかった神山町の風景は、濃い霧に覆われていた。おばあさんと座って話をした納屋や板状の阿波青石を噛ませた野面積《のづらづみ》の石垣はそのままだ。立ち込める霧襖《きりぶすま》の奥で威銃《おどしづつ》の音がいんいんと谺《こだま》している。

若者たちは、歩いた距離に応じてビットコインが溜まるアプリやロードショー中の映画を徳島市内で観る話を愉しそうにしている。金剛杖に〝エアタグ〟を付けている人もいる。失くしたり忘れたりした時にスマホから位置情報が取得できるという。即座に新しいものを使いこなす今どきの若者たちを前にして、なんだか私一人が違う時代を歩いているようだ。道が下りになるとサポーターを巻いた右膝が猛烈に痛みはじめた。

雨が止み日が照りはじめた車道を鮎喰川《あくいがわ》に沿って進む。木蔭は少ない。気温がぐんぐん上昇している。「あと2キロ程で行者野橋です!」スマホを手に横浜の男性。やがて行者野橋に出た。別格霊場の二番目を打つ私はここで皆と別れる。若い女性が持参したタイマー付き自撮り棒で記念撮影をした。たった二日間のご縁だが苦楽を共にした仲間だ。幾度も振り返っては手を振り合った。

一人になった。ほっとしたようでも、心細いようでもある。ようやく本来の遍路になった気がした。よろしくお願いします……心の中でお大師様にあらためて挨拶をする。

全長641メートルの新童学寺トンネルは暗く歩道が狭い上に、大型トラックがひっきりなしに通る。ごんごんと響く騒音に噎《む》せるような排気ガス、大型車が傍を通り過ぎる度に風圧で飛ばされそうだ。接触事故など命の危険を伴うトンネルは、現代の〝遍路ころがし〟だ。トンネルを出た途端に緊張感から解放された。

別格札所を歩いて打つお遍路さんはあまりいないため、道標も少なくわかりにくい。車道を逸れて細い道に入るとたちまち道に迷った。「童学寺《どうがくじ》さん?」猫車を押したおばあさんに尋ねると、丁寧に道順を教えてくださった。便利なアプリがあればそれに頼ってしまうが、なければ通りすがりの土地の人に訊く。そこに遍路ならではの一期一会が生まれる。

途中の墓地で何家族かが墓掃除をしているのを見て、明後日が彼岸の中日であったことに気づいた。そこここの店先で高野槙が売られているのを目にするのもそのためだろう。

童学寺は、弘法大師が幼少時に長く逗留して学問修業をした地だ。また「いろは歌」をつくって子供たちに教えたという伝説もある。「PayPay での納経料のお支払いはお断わりします」納経所の貼り紙を見て、さっき別れた彼らの顔が浮かび、くすっと笑った。

宿を目指してふたたび国道を進む。途中二度ほどコンビニに飛び込んで休憩し、西に傾きかけた日を浴びながら歩き続けた。

ところが、宿まであと1キロ弱というところでガソリンスタンドの溝に足先が引っ掛かり、派手に転んだ。両手に杖を持っていたため手が出ず、顔から突っ込んでいった。目から火花が散り、一瞬意識が飛ぶ。

「お遍路さん、大丈夫ですか?」見ていた人たちが駆け寄ってくれた。口の中に血が広がっていくのがわかる。これで遍路は終わりだ……ショックと痛みで起き上がれない。

衝撃で飛んだ眼鏡を女性が拾い、身体を起こしてくれた。「頭打ってたな? 救急車か?」。その声に突然妙な〝お遍路根性〟が頭をもたげた。いま救急車で病院へ行ったらお風呂に入れない、洗濯もできない……。「救急車は呼ばないでください」やっと声が出た。近くの脳神経外科が休診日とわかり、ひとまず女性が宿まで車で送ってくださることになった。

4　光明は苦海にしか差さない

身代わり

血で汚れた服を洗濯し、シャワーで手足や顔の傷口を洗い手当てをする。布団に寝転がり休んでいるといつの間にか土砂降りの雨になっていた。

なぜ転んだのだろう。なぜ大事にならずに済んだのだろう。母のためにやってきた今回の遍路だ。母の身代わりで転んだのならそれでよいが、転んだことにも何か意味があるに違いない――考えるともなく考え続けている。

口の中を切り、痛くて生野菜を食べられない私のために、女将さんが濃厚でとびきり美味しいかぼちゃのスープを作ってくれた。「何十年とお遍路さんを見てきたけど、食べられなくなってきたらあと数日で上がりやね」。だから無理をしてでも食べないといけない、と言う。「でも膝はスープでは治せんからね」。結願したいのなら、思い切って早いうちに脚を休ませるか、交通機関を利用するかのどちらかだと言う。おそらく私が

〝完歩派〟であることを見抜いていたのだろう。

翌朝鏡を見ると口がアヒルのように腫れ上がり、額や鼻が赤紫色になっていた。〝お遍路さん〟というよりは〝負けたボクサー〟のようだ。恥ずかしくて俯きがちに宿を出た。遍路五日目にしてこんなに派手に転んでしまった。しかも顔から突っ込むなんてドジもいいところだ……前回はこんなことは一度もなかった。情けない気持ちが込み上げてくる。

それでも歩き出すと、お遍路を続けられる喜びが徐々に全身に満ちてきた。あと数日で海も見られるだろう。たくさんの素晴らしい出会いも待っているに違いない。打ったところがあちこち痛むが、遍路を中断せず続けることが出来るのも、同行二人、お大師様のご加護だ。

正午、十七番井戸寺《いどじ》に着く頃には暑さで早くもぐったりとしていた。境内のベンチにリュックを置くと、すだち庵で一緒だった女性二人に会った。一人はオランダ人のスーザンだ。徳島市内のホテルに向かって共に歩き出す。再び複数での遍路となった。「日本の暑さと車道の騒音にはまいっているけど、山の自然の豊かさには魅了されているわ！」とスーザン。オランダには高い山がないのだ。

公園のベンチでリュックを下ろし、休息をとっていると男性が合掌しながら車から降りてきた。「お遍路さ〜ん、これで冷たいものでも買ってください」。千円札だった。礼を言って受け取ると、またその掌を合わせた。四国の人は言う。「祖父母も両親もみなそうやってきたから」。

「土徳」という土地に根ざした信仰心や思想を表す言葉がある。土地の持つ徳によって人は育てられ恩恵を受ける。お接待は土徳に根差す。

眉山《びざん》公園の麓で二人と別れ、薬局に飛び込んだ。店主に脚を見せると、汗で擦り傷が化膿しやすいからと、ステロイド剤の他に抗生剤の軟膏、鎮痛剤を薦めてくれた。「靱帯の炎症は休ませるしかないです」。休まなくてはいけない……さまざまな人の口を通して何かが（誰かが）訴えてくる。が、その必要性を誰よりもわかっているのは私自身のはずだ。

へんろ道なれや真白きまんじゆさげ　　まどか

翌日は六時半にホテルを出発。二時間ほど歩いたところでコンビニに入り喉を潤していると、刺すような視線を感じた。辺りを見回すと、駐車場と道路を挟んだ家の二階から老女がこちらをじっと見ている。表情は見えなかったが、なぜか粘りつくような眼光だけは感じた。

地図で道を確認したり、日焼け止めクリームを塗り直したりと二十分程いたが、老女はまだこちらを見ていた。彼女から私は、日々ここを通り過ぎる遍路は、どのように見えるのだろうか。窓辺の椅子から自力で動くことは出来そうにないが、かつてはよく働き、人生を謳歌し、道行く遍路に施しもしただろう。その頃の遍路はもっと疲れ、腹を空かせていたはずだ。コンビニなどなかったのだから。

こんなにも気になるのは、彼女の中に未来の自分自身を見たからだろうか。彼女もまた、私の中に過去の自分自身を見たかもしれない。思うように身体を動かし、人と出会い、語らい、笑い、泣き、喜怒哀楽に溢れていた日々があった。道行く人を眺めて見つめる現在と、過ぎ去った時間とが交錯する。

店を出るとき、目が合った。会釈をすると彼女も会釈を返してくれた。相変わらず表情はよく見えなかったが、僅かながら彼女のエネルギーが動くのを感じた。歩きはじめて一週間。さまざまな感覚が開き、感度が上がってきたのがわかる。

全長３００メートル近くもある勝浦川橋を越えたところに、道標があった。旧道への道順を示す矢印（⇨右へ）の上にあらたな矢印（⬆まっすぐ）が上書きされていた。旧道を歩きたいが、矢印が変更されているのだから何か理由があるに違いない。右に曲がるか真っ直ぐ行くか。迷った末に新しいサインに従うことにしたのだが、これが間違いだった。

国道55号線は交通量が多く、しかも木蔭がほとんどなかった。前も後ろもお遍路さんの姿はない。みんな「右」へ行ったのだろう。バケツの水をかぶったように全身がびっしょり汗で濡れている。

そのとき、向こうからやってきた自転車の男性が私を見て止まった。「歩いとるの？通しで⁉」慌てて自転車かごに手を突っ込むと、ゼリー飲料を手渡そうとする。でも、おとうさんが飲むために買ったのでしょう？　と言うと、「ええんよ、ええんよ。暑いから気ぃつけて。がんばってね！」とエールを送ってくれた。

十九番立江寺《たつえじ》から後は蟬しぐれの眞念道《しんねんみち》を行く。眞念は先述の高野聖で、一般人のための安全な遍路道を推奨し、道標や宿も整備した。眞念道とはその名に由来する。歩いているとあちらこちらで眞念が建立した道標に出会う。

「ご苦労さまです」。八十歳を過ぎているだろうか、草刈の手を止めて高齢の女性が労ってくれた。炎天下での草刈の方がよほどきついはずなのに。

畦道にはいつの間にか彼岸花が咲き、家々の庭先で凌霄花《のうぜんかずら》が揺れている。自然は既に秋へと移り変っている。頭上には行合《ゆきあい》の空がひろがっていた。

はやばやと声に満ちたる遍路宿　黛　執

今日の宿は、廃校になった小学校を地域住民の手で再生した「ふれあいの里さかもと」。料理も美味しくサービスも良いと評判だ。

勝浦町のどん詰まりにある坂本の集落は、明日参拝する別格霊場三番慈眼寺に近い。フロント、調理場、清掃など交替制で施設を守る人たちは明るく、良い気が漲っている。スタッフの多くが小学校の卒業生という。郷土愛と母校愛が廃校に新たな命を吹き込み、支えている。

今日の宿泊者は、六十代の男性Oさんと若い女性の濱嶋さん。Oさんは別格霊場だけを参っていて、明日慈眼寺を打つという。フロントの話では慈眼寺を歩いて打った人はここ数日間はいないらしい。道は荒れていないだろうかと心配していると、一緒に登りましょう、と言ってくださった。

濱嶋さんは、連休や週末を使い「区切り」で歩いている。今回は十八番恩山寺《おんざんじ》から高知の二十六番金剛頂寺《こんごうちょうじ》までの予定だ。前年、車の遍路ツアーに参加し一巡したが、歩かなければ遍路ではないと思い一人で歩きはじめた。Oさんがビールをご馳走してくださり、和やかな夕食会となった。

こんなに良い出会いがあっても明日になれば離れ離れになる。それが遍路だ。濱嶋さんが洗濯物を乾燥機に入れっぱなしだったことを思い出して、遍路の宴はお開きとなった。

乾燥機が空くのを待っていた私も共に席を立った。日焼け止めクリームのことや速乾性に優れたウエアのことなど、ランドリー室で女性ならではの話に花が咲く。「膝が痛いのでサポーターをすると、汗疹《あせも》がひどくなるの。どちらを優先させていいかわからないわ」ぼやきながらズボンの裾をまくると、彼女は屈んでまじまじと私の脚を見た。

「汗疹ひどいですね……。明後日の鶴林寺《かくりんじ》・太龍寺《たいりゅうじ》の遍路ころがしには確実にサポーターが必要なので、明日はサポーターはやめて肌を休ませる日にしましょう！」。

若く都会的な彼女がなぜ遍路を思い立ったのか。「お若いのにどうして歩こうと思ったの？」。彼女が言った。「母を去年亡くしたんです」。

十年間の闘病の末だったという。「ずっと二人で暮らしてきたんで……、お骨をリュックに入れてきました」彼女の目から涙が溢れた。歩き遍路で何も抱えていない人なんていないと思います……焼山寺道を共に登った智恵さんの言葉が甦る。「すみません、こんな話しちゃって」「お母様感謝されていますよ」「だったら嬉しいんですけど……」。「それに、あなたを守ってくださっています」自分に言い聞かせるように言っていた。二人が黙ると、乾燥機が回る音が響いた。

部屋に戻っても彼女の涙が脳裏から消えなかった。外には見せなくても、誰もが悲しみの海を泳いでいる。溺れまいと必死でもがきながら、日々を泳ぎ続ける。いつか果てがあるのでは、と微かな希望を抱いて。陽光は等しく人生の海に注がれるが、光明は苦海にしか差さない。苦海を生きる者には仏が隣《とな》る。歩みを止めなければ、必ず仏は光を放つ。だから共に歩こう。同行二人、お大師様はいつも一緒だ。

灯を消して目を瞑ると、壁を隔てた彼女の海と私の海が繋がっていった。自宅へ帰った智恵さんの海とも。この道を歩いた数知れない巡礼者たちの悲しみの海がひとつになる。そして死者の海が広がっていく。父、智恵さんの母、濱嶋さんの母、遍路で命を落とした人々……死者たちの海もまた四国には広がる。

曼殊沙華この世の淵に咲きにけり　　まどか

5 〝因〟があって〝縁〟が生まれる

身体の声

Oさんに蹤《つ》き、慈眼寺を目指して宿を出た。小学校の校長をされていたOさんは声が大きく、包み込むような温かさで誰とでも接する。年齢や風貌は異なるが、物腰や雰囲気が父に似ている。まず相手の意見を宜《うべな》うところも。

山道への入口は雑草と藪でふさがっていた。「道標はあるけど、まさかここじゃないよね」そう言って二人で引き返すと、農作業の人に呼び止められた。「お遍路さん、そっちじゃないよ!」。

〝まさか〟の道が遍路道だった。Oさんが藪を掻き分けて先に進む。下草に覆われて見えなくなっていた穴に落ちた時には、申し訳ない気持ちでいっぱいになった。「はい、ここ滑るよ~。気を付けて」折々に私の足取りを確認してくださる。

春の山菜を採りに、中秋の名月の七草を採りに、幼い頃よく父と山に入った。草の香、秋の声、薄紅葉《うすもみぢ》、通草《あけび》、櫟《くぬぎ》の実、竹の春、山粧《やまよそほ》ふ、いわし雲、虫の声……いま目に映るもの、耳に鼻に感受するもののほとんどが山の中で或いは俳句を通して父から教わったものだ。それらに触れるたびに父を感じ、父の句を口ずさむ。いつしかOさんの背中に父の背中を重ねていた。

二時間ほどで山門に到着。参拝を終え、同じ道を歩いて宿に戻る。昼食を食べながらこれからの別格霊場について地図と首っ引きで相談する。別格札所と八十八札所は離れているところも多いので、双方を繋げて歩くのは難しい。いろいろと案じる私にOさんは温かく大きな声で言った。「大丈夫です。必ず道は拓けるから」。

次の別格霊場へと向かうOさんと道の駅で別れ、少し早めにその日の宿に入った。玄関前の縁側で主のおとうさんが私を呼び止めた。「その脚はどうした？」。二日目にして右膝を傷めたこと、転倒したことなどを一気に話した。転ぶ直前に何か考えていたか？とおとうさん。

「引きずっているものがあるから歩きに集中できないんよ。背負ったものがどんどん重くなっているんじゃよ」

〝因〟があって〝縁〟が生まれる。それが因縁だ。因があったから、転ぶという縁に繋がった。生まれた時からの因縁、自分でつくった因縁。様々な因縁があるが、その結果人生にどういう片寄りがあるか。自分の知らないもう一人の自分を知り、清算し、浄化する。それが遍路だ。転んだ〝因〟を見つめることが大事だと。

夕食後、おとうさんが脚の手当てをしてくれた。「これはひどい……。いきなり歩き出したじゃろ？　脚が怒っとるよ」。脚を休ませたいのだが、宿の予約を先まで入れてあるので当分休めない、と言うと、「それは自然に逆らっとるわ」とおかあさん。

身体は悲鳴を上げているのに、宿の予約が優先で肝心の自分の身体をないがしろにしている。時間や約束に縛られて、お遍路にあってさえいつも何かに追われるように生きていないか。もっと身体の声に耳を澄まさなければいけない。そう言われた気がした。

今日は遍路ころがしの二十番鶴林寺・二十一番太龍寺を打ち、その後大根《おおね》峠を越えて二十二番平等寺《びょうどうじ》を打つ。前回左膝を傷めた場所だ。

宿を出てすぐに男性のお遍路さんと一緒になった。通常は一日40キロ近く歩くそうだが、今日は宿まで距離が短いのでゆっくり歩くと言う。「こういうところに蜘蛛の巣があるんですよ」杖の先で蜘蛛の巣を払いながら言う。

お遍路名物の一つ、蜘蛛の巣。朝一番に歩く人はこれを払って歩かなくてはならない。

背の高いYさんはよく引っ掛かると見えて蜘蛛が巣を張る場所を心得ていた。「大丈夫ですか？ 休みますか？」振り返っては声をかけてくれる。

Yさんの足取りは軽い。遍路の直前まで、毎週末高尾山を二往復していたそうだ。準備どころか病み上がりの身で出たとこ勝負の私とは違う。

一時間半ほどで鶴林寺に到着。「彼は歩くのが速いよ」Yさんと昨夜同宿だった台湾人のツァイ君が境内で写真を撮っていた。一旦山を下りた後、太龍寺への山を登る。しばらくは沢音に添って歩く。桜は薄紅葉になっている。木蔭と沢を抜ける風が心地よい。程なく山道は急勾配になった。

午後一時、汗まみれで太龍寺に到着。ツァイ君は既に弁当を食べ終え、涼しい顔でこれから「舎心《しゃしん》ヶ嶽《が たけ》」へ行くという。弘法大師が虚空蔵求聞持法の修行をした地だ。訪れてみたいが今日の私にその余裕はない。

平等寺道をほぼ下り終えた辺りでツァイ君が追いついた。「速いのね。どうして遍路に来たの？」突然の質問に、彼は困ったように首をすくめた。歩くのが好きなのかと尋ねると、嫌いだと言って笑う。「チャレンジです」。

西日の差す大根峠を歩く。暑さもあってか、記憶よりずっと長く険しい。私が音を上げていると「大丈夫。必ずゴールはある！」とYさん。五時直前に平等寺に着いた。納経を終えたYさんがユーモアたっぷりに言う。「やあ、ゆっくり歩くのも案外疲れますね。だって今日は十時間歩き続けですもん」。

同じ宿を取っていたYさん、ツァイ君と夕食を食べていると男性のお遍路さんが遅れて到着した。顔面蒼白だった。太龍寺からの山道で滑落したという。奥からおかあさんが飛び出してきた。腕の切傷から血が滲んでいる。走り根と岩で道幅が狭まっていたところで足を滑らせた。日暮が迫っていたため気が急いていたようだ。「後から来る人はいないと思ったので必死で上がりました……」。

落石、イノシシとの遭遇、交通事故など、今の時代も遍路には様々な危険がある。この滑落にも何か〝因〟があるのだろうか。

「俳句の小径」

星越峠、貝谷峠、由岐坂峠と日和佐への峠道は三つあるが、前回通らなかった旧土佐街道の貝谷峠を行く。展望台からは由岐の町とエメラルドグリーンの海が一望できた。これほどに海にひらけた風景を見るのは遍路で初めてだ。松坂峠を下り海岸線に出たところでアジア系の若い女性が立ち止まって地図を見ていた。エミリという名の中国系シンガポール人だ。「一緒に歩きましょう」と誘うと、顔をほころばせた。田井の浜の休憩所でオランダ人のスーザンと再会した。ほとんどのお遍路さんが眺めの良いこの休憩所で時間を取る。

遍路三日目に車から呼び止められたTさんから一報が入り、私が木岐を通るのを名田さんが待ってくれていた。これが初対面だった。活動の拠点にされている近所のギャラリーの庭のテーブルには、これまでやりとりした手紙や父の俳句が掲載されている雑誌などが所狭しと並べられていた。名田さんは息子さんの死という深い悲しみを抱えながら、日々やってくるお遍路さんを接待し慰めていた。

「俳句の小径」は、遍路にちなむ俳句を募集し、入選作数十句を木製の句碑にして白浜から山座峠手前の海岸線の遊歩道に建立したものだ。一句一句に遍路なら誰しも思い当たる光景や思いが詠まれている。

暮がての山路を辿る夏へんろ　名田みやこ

立春の心にひびく経を読む　名田洋人

名田さん母子の句碑も並んで立つ。自分の余命をわかっていた息子さんはどのような思いで経を読んだのだろうか。もっとゆっくり話をしたかったが、二十三番薬王寺《やくおうじ》まではまだ距離がある。束の間の邂逅を惜しみつつ、ギャラリーを後にした。

ボランティアで遍路道の整備やガイドをしているTさんが、薬王寺まで案内をしながら共に歩いてくださった。「本当に美しいわ！　この海の名称は？」スーザンが誰にともなく尋ねると、エミリが真っ先に答えた。「チャイニーズ・オーシャン！」。私は慌てて否定した。「太平洋よ」「確かにチャイニーズ・オーシャンは日々拡がっているわね」とスーザン。

そして私に尋ねた。「中国人と日本人は良き友人なの？」「隣人なのだから良き友人でありたいけれど、最近は難しいと感じることが多いわ」「顔はよく似ているけれど、考え方は違うのね？」「ええ、とても違うわ」そう言った時、前を行くエミリとツァイ君、Yさんの背中が目に入った。

私はすぐに撤回した。「いえ、きっと大した違いはないわ」。スーザンがほほ笑んだ。「みな同じ人間ね」「そう、みな巡礼者」。

午後二時を過ぎて、凪の浜辺には行き所のない熱が溜まっていた。容赦ない日差しの中を歩き続けていくと、ようやく一台の自販機があった。砂漠でオアシスを見つけたように自販機に走り寄り、順番に飲み物を買っていく。エミリがTさんに何を飲みたいかと尋ねた。「お先にどうぞ、僕は最後でいいから」。エミリは「いえ、私は飲み物は持っ

ています。お世話になったあなたに何か買いたいんです」と言った。

私ははっとした。誰もが暑さで自分のことで精一杯なのに。そこまで思いが及ばなかった自分を恥じ入った。

海を左手に見ながら、岬の森を行く。急に姿が見えなくなったエミリを待っていると、息を切らして追いついてきた。「ありがとう！　海があんまりきれいなんで写真を撮っていたんです」。自然の美しさに国境はない。共に歩きはじめると、前方の木蔭でスーザンが待ってくれていた。

6　身体を軸にして見、考えること

蜘蛛

スーザンは五十代前半、オランダでは禅のインストラクターをしている。これが人生二度目の海外旅行。二十年前にニューヨークへ夫と行ったのが一度目だという。彼女が日本へ行くと聞いて、隣人や知人が口を揃えて羨ましがった。「日本へ？　なんて素敵なホリデーかしら」。

しかしホリデーなどではない、と彼女は言う。「これは私にとっての〝アドベンチャー〟なの！」。夫と一週間以上離れるのは結婚以来初めてとか。「これからは毎日が記録更新よ」とウィンクした。

以前会った時スーザンは日本の山に魅了されていると言った。「今日は海に魅了されているわ。オランダにも海はあるけれど、こんなに美しい色ではないの」。

海を眺めながら歩いているうちに、皆と距離が開いた。杖の音と波音を聞きながら歩く。やがて彼女が口を開いた。「日本に来る十日前に母が亡くなったの」。

今回の遍路で、母を亡くしてこの地へとやって来たお遍路さんは三人目だ。葬儀も何もかも済ませて、予定通り四国に来たのだと言う。「それは辛いわね……。でもこの遍路はお母様からの最後の贈り物だったようにも思うの」。彼女は深く頷いた。「夫からも同じことを言われたわ。もし日本に来てから亡くなったら、私は遍路を中断しなければならなかったから」。

遅れがちの誰かを必ずいつも誰かが振り返って確認しながら歩く。日和佐の町に入り、厄除橋の袂で皆と別れることになった。間もなく日本を離れるエミリに私はこの一期一会がいかに幸せだったか、そしてまた日本を訪ねてほしいと伝えた。「もちろんです！すぐに遍路の続きをしに戻ります」エミリもまた別れを惜しんでくれた。

古民家を改築した素泊まりの宿にチェックインする。「8キロ以上あるね。女性にしたらちょっと重いな」と、リュックを部屋まで運んでくれたご主人。荷物が重いことは自覚していた。これまでの旅で5キロ以上のリュックを背負ったことはない。明らかに増えたものは薬類だ。転ばぬ先の杖が重すぎて転んだのでは話にならない。

入浴すると外に出る気力がなくなり、リュックに入れてあったスナックで夕食にする。

一日前を行く濱嶋さんから写真付きでメールが届く。「この旧遍路道は工事中なので国道を行ってください」。一緒に歩いてはいないが、彼女も良き遍路仲間だ。

翌朝は五時起床。キッチンでコーヒーとパンの朝食を済ませ部屋に戻ると、リュックに小さな蜘蛛が這っていた。

父が亡くなった後、母と私の前に小さな蜘蛛が現れるようになった。最初に気づいたのは葬儀の翌朝だった。遺影の胸に小さな蜘蛛がいるのを私が見つけた。

母にそのことを告げると、夜になって食卓の椅子に座っていた母が私を呼び止めた。「遺影にいた蜘蛛ってこれかしら?」母の方に向かって小さな蜘蛛が歩んでいた。

私が近づくと、今度は向きを百八十度変えて私の方にまっすぐ歩きはじめた。次の日には骨壺の上にいた。蜘蛛はしばらく祭壇の周辺を離れず、やがて父の書斎や母の部屋に現れるようになった。父が蜘蛛に姿を変えて「ここにいるよ」と呼びかけてくれているようだった。

蜘蛛はしばらくリュックの上を這うと、ウエストポーチに飛び移った。

二十三番薬王寺は徳島県最後の札所で、ここから二十四番最御崎《ほつみさき》寺《じ》までは83・5キロある。八時を過ぎると俄かに暑くなってきたが、しばらくは国道55号に沿って行かねばならない。炎天を逃れがたく歩いていると、稲刈りを終えた田んぼに白鷺が一羽、涼しげに佇んでいた。

「発心の阿波」から「修行の土佐」へ

翌朝は六時前に宿を出発した。ニュースは全国的に猛暑日の記録が更新されていることを報じている。十時を過ぎると暑さで急に速度が落ちるため、それまでにどれだけ歩けるかが勝負だ。六年前、左膝靭帯の激痛で病院に駆け込んだ海部を通る。海部病院から室戸岬手前の宿「徳増」までは車で移動し、結願後に戻って歩いた区間だ。

昨夜は素晴らしい月夜で、海に上がった月を部屋で愛でた。浅川駅の手前で空を仰ぐと大きな鳥が群をつくって幾つも渡っている。こんな大群を見たのは初めてだ。この鳥たちはどこから来てどこへ行くのだろう。

Vの字の編隊を組みなしては空を越え、山を越えていく。Vの字に編隊を組むのは、羽ばたきによって生まれる上昇気流を斜め後ろを飛ぶ鳥が利用するためで、最も効率的なのだ。

渡りには様々な危険が伴うため途中で死ぬ鳥も少なくない。雁は海の上で休むために枝を咥えてやって来るという伝承がある。春にはそれを咥えて帰るので、浜辺に残った枝の数は日本で死んだ雁の数とされる。「雁風呂」は、浜辺に落ちている枝を薪にして風呂を沸かすことで、春の季語だ。別名「雁供養」。生きるための旅と死出の旅は裏表だ。

あとさきに濃き風ついて秋遍路　黛　執

遍路にあると、目の前で起こる一つ一つの事象に仏のはたらきを感じる。日常で渡り鳥を見るのと、痛む脚を引きずりながら見るのでは自ずと感受するものが違う。身体を軸にしてものを見、身体を軸にしてものを考えるからだろうか。空を渡る鳥は自分自身と重なり、いつしか鳥の目となって自身を見つめている。ああ、そこにも同じように汚れ疲れた旅人がいると。鳥は羽を休めるすべを知っているというのにと。鳥と自身の命が響き合う。鳥も私も「サン・テーレ」だと。

宍喰《ししくい》では、六年前と同じようにサーファーたちが空と海のあわいで波を待っていた。この区間を共に歩き直したドイツ出身の青年ユリウスとは遍路後もやりとりが続いたが、そのうち宗教観の違いで交流が途絶えてしまった。

キリスト教の洗礼を受けた後、彼は二言目にはイエスの言葉を絶対的なものとして持ち出すようになった。遍路中はとてもオープンで多様な価値観を見出していたのに、宗教はもはや壁しか作らないのだろうか。

「道が違いますよ」古目峠の手前で道に迷っていると、通りがかりの人が教えてくれた。遍路中は道に迷ったり危うく違う方に行きかけたりしていると、必ずと言っていいほど誰かが声をかけてくれる。その度に私は父が傍にいてくれているように感じる。或いはお大師様かもしれない。

ほどなくして高知に入った。甲浦《かんのうら》は昔ながらの古い港町で、遍路の中でも好きな風景の一つだ。〝水切り瓦〟や外壁をペンキで塗った家々は、外海に面した高知の風土を象徴する。

浜辺のホテルに早めにチェックイン。少し身体を休めた後、外へ出た。夕暮迫る渚にはたった一人の波乗りの他は誰もいなかった。今日は待宵だが、午後遅くになって広がりはじめた雲が月をすっかり覆い隠している。

波音を聞きながら空を見つめていると、父にとって最後となった月が心に浮かんだ。

三年前の中秋に父は退院した。余命わずかと宣告されての退院だった。前日病室の窓には佳い月が出ていた。「待宵かぁ……。月見の習慣があるというのはいいよなぁ」父はベッドから少し頭を起こして月を見た。

雲間から月が切れ切れに姿を現す。明日は晴れてほしい。この遍路をはじめる前からどこで中秋の名月を迎えるだろうと考えていた。計算すればある程度は予測できたが、あえてしなかった。きっと天の計らいがあるだろうと思ったからだ。

その通り、十三夜から遍路は見事に浜辺に入った。きっと明日は名月が叶うに違いない。

東京では今年の真夏日の日数が九十日に達したという。遍路は「発心《ほっしん》の阿波」から「修行の土佐」に入った。遍路への厳しさでかつては「土佐は鬼国」という言葉もあったそうだが、さっそく明日は室戸岬への海岸線を一日中歩かなくてはいけない。

暑さ対策のため早朝にホテルを出発することにして九時前にベッドに入った。その夜、夢に父が現れた。

待宵の夢路を通ふ波のおと　　まどか

7　カイロスと呼べる自分だけの時間

ゴロゴロ浜

ホテルを出て間もなく、小島と小島の間から朝日が昇りはじめた。朝焼けがしだいに濃くひろがる海を左手に、国道55号を進む。入江で今日も一羽の白鷺が羽を休めている。野根から先20キロは自販機も何もない。

万葉集の歌碑が建つ「伏越《ふしごえ》ノ鼻」に八時前に着く。伏越とは、立って歩くことはできず這って越えるという意味で、かつての難所であったことが地名からもわかる。

この辺りから先は波で丸く削られたごろた石（通称ごろごろ石）が転がる浜が続く。黒潮が迫って荒波が打ちつける浜辺は、命がけで越える遍路ころがしだった。

伏越ゆ行かましものを守らひに打ち濡らさえぬ波数《よ》まずして

（『万葉集』巻七・一三八七）

安芸郡東洋町野根字《あざ》ゴロゴロ、昔から地名にもなっているゴロゴロ浜。今日のように天候が良い日でも、波が引くたびにごろごろと大きな音を立て昔の遍路を髣髴《ほうふつ》とさせる。国道が整備された今はごろた石の浜を歩くことも波に攫《さら》われることもないが、太平洋に剝き出しになった一本道は、風雨の日や暑さ寒さの厳しい日は歩くのに難儀だ。

生涯で二度四国遍路を試みた自由律俳句の種田山頭火も二度目の遍路でここを歩いたことを日記に残す。昭和十四（一九三九）年十月六日に松山を発った山頭火がこの辺りを通ったのは十一月初旬。甲浦に一宿し、托鉢をしながら佐喜浜まで歩いた。

十一月五日　快晴、行程五里、佐喜浜、樫尾屋。
すっきり霽れあがって、昨日の時化は夢のように、四時に起きて六時立つ。
今日の道はよかった、すばらしかった（昨日の道もまた）。
山よ海よ空よと呼かけたいようだった。
波音、小鳥、水、何もかもありがたかった。

太平洋と昇る日！

途中時々行乞。

お遍路さんが日にまし数多くなってくる、よい墓地があり、よい橋があり、よい神社があり、よい岩石があった。……

おべんとうはとても景色のよいところでいただいた、松の木のかげで、散松葉の上で、石蕗の花の中で、大海を見おろして。

ごろごろ浜のごろごろ石、まるいまるい、波に磨かれ磨かれた石だ。……


（種田山頭火『四国遍路日記』）

この付近はあちらこちらに「ゴロゴロ」の名が残る。「ゴロゴロ休憩所」で今日初めての休憩をとる。遥か先に重なる濃淡の岬群は室戸岬へと連なる。明日はあの淡く滲む室戸岬の先端に立っている。小さな一歩を重ねることが、遥かな場所へと自分を運ぶ唯一の道だ。今日の道づれは土佐の海だ。水平線が弧を描く群青の海を見ながら一心に歩く。

字ゴロゴロ秋空に波音ゴロゴロ　まどか

十時、国道沿いの四阿に転がり込み今日二度目の休憩をとる。左足の中指がひりひりと痛むので、靴を脱いだ。爪の付け根の赤く腫れたところに抗生剤を擦り込む。気が付けば室戸岬が藍色を深めていた。二時間でこんなにも近づいたのかと驚く。歩いてきた道のなんと遥かなことか。

佐喜浜港では男たちが声を上げながら、クレーンで巨大な漁網を吊り上げていた。こんなに大きな網を見たのは初めてだった。空が果てしない海底になったようだ。

日盛りを無我夢中で歩いているうちに今日の宿「徳増」に到着した。前回の遍路でも二度泊まった宿で、おばあちゃんの手料理が美味しくファンが多い。海が目の前に広がる徳増で中秋の名月を迎えるとはなんという幸運だろう。今夜は月は見えるでしょうかね？　と尋ねると、夕方は晴予報だったのでたぶん大丈夫だと思う、と三代目のご主人。部屋は海側だった。リュックを置き休んでいると、窓の隅に小さな蜘蛛を見つけた。

入浴と洗濯を終えベランダから海を眺める。人気の宿なのでそろそろ賑やかになってもよさそうだが、四時を回っても静まり返っている。そのうちに夕食の呼び出しがあり食堂へ下りると、誰もいなかった。

途中で出会ったお遍路さんの何人かが、徳増は満室で予約できなかったと言っていたので、私一人ということはないだろう。狐につままれたような気分で席についた。

良夜

訊けば、地元の漁師の宴会が入ったためそれ以降の予約はすべて断ったという。私は先約だったので泊めてもらえたようだ。

テーブルには一人分の料理が並んでいた。地魚の刺身、酢の物、魚の煮つけ、野菜のてんぷらなどいつものおばあちゃんの手料理だ。が、何か様子が違う。おばあちゃんの姿がないのだ。「あの、おばあちゃんはお元気ですよね?」ご主人に尋ねると、「それが……」と顔を曇らせた。「亡くなったんですよ、この六月に」。

厨房で転び骨折するまでは元気で仕事もしていたのだが、入院して流動食になった途端に気力が落ち、二週間程で逝ってしまった。百二歳、老衰だった。逆に言えば、寿命が尽きるぎりぎりまで現役で遍路に尽くしたのだ。天晴《あっぱれ》と言うより他ない人生だ。無性に涙が込み上げた。

少しくしてご主人が息を弾ませて食堂に戻ってきた。「月が出ていますよ！　サンダルを持ってきたので、こちらから出てください！」。大急ぎで外に出ると、水平線のすぐ上に夕日と見紛うような赤い月が上がっていた。「きれいですねぇ」ご主人も言葉なく月を眺めていた。

去年はおばあちゃんも見たはずの月だ。宿も海も月も、すべては去年と同じなのに、おばあちゃんだけがそこにいない。月が美しいほどに、無常観が沸き起こった。

食事の後、父の遺影と念珠を手に再び浜に出た。漆黒の海に一筋の金色の道を描いて、月は煌々と輝いていた。光の帯は足元から月まで伸び、この世と彼の世を繋いでいた。波音と虫しぐれが交互に押し寄せた。

部屋に戻っても灯はともさなかった。月は眼前に上がっている。むしろ明かりは必要なかった。月光が部屋を満たし、静寂もまた部屋を満たした。

今生の月を見てゐる背中かな　　　まどか

三年前の今日、病院から父が家に帰った夜、私と妹は車椅子ごと父を二階まで運んだ。どうしても名月を見せたかった。今思えば末期癌の病人にとっては迷惑なことだったかもしれない。五分ほどだが三人で月を愛でた。いや私は月は見ていなかった。月を眺める父の背中をこの目に焼き付けようとただただ見つめ続けた。
父はたちどころに名月十句を詠み、私と妹を驚かせた。

望の月上り切つたる静かさよ
四阿に十六夜の声ほのかなる
立待ちといふ楽しさに月を待つ
おのづから寝待の月となりにけり
月待つもつひの二十日となりにけり

苦しいはずなのに、明るい句を詠んだ。老熟した〝軽み〟の中にそこはかとないユーモアまで漂う。立つことなど出来なかったのに、こころは自在に旅をし、「生」を積極的に称え、うつろう月を愛でた。残された現世での時間を透徹した眼差しでいとおしみ、慈しむ。俳人としての矜持が父に句を詠み続けさせたのだ。

　父もまた寿命が尽きるぎりぎりまで本分を全うした。そして、その日を予期していたかのように、二十日の夜半（二十一日）に帰らぬ人となった。

酔いが回った漁師たちの哄笑が時折階下から響く。野太い声は船上の雄姿を思わせた。一日前を行く濱嶋さんに十五夜のことを知らせると、程なくして返信が来た。彼女は昨日徳増に宿泊。今日は室戸岬を越えて岬の反対側に宿泊しているので、残念ながら月は見えないということだった。

私が昨日泊まったホテルは海岸沿いにあったが、方向的に部屋からは月は望めなかった。つまり一日早くても遅くてもこの良夜には出会えなかったのだ。苦楽のすべてが計らいの中にあり、私はいま法悦にある。

蜘蛛は玻璃に影を落としたままじっと動かない。

月が遍く照らす宿で私はたった一人、亡き父と語らいながら過ごしている。ギリシャ語で「時」を表す言葉は二つある。「クロノス」と「カイロス」だ。クロノスは過去から未来へと流れる客観的な時間で、カイロスは主観的な時間をさす。今まさにカイロスと呼べる自分だけの時間が流れていた。

旅はほろほろ月が出た……
こんやはひとり波音につつまれて　　山頭火

明星

翌朝五時に目を覚ますと、途轍もなく大きな明けの明星（金星）が燦然と輝いていて、息をのんだ。音が聞こえてきそうなほどぎらぎらと瞬いている。室戸岬の洞窟で虚空蔵求聞持法の修行をしていた空海の口に飛び込んだという明けの明星だ。金星は虚空蔵菩薩の化身ともされる。通常は黄色く見えるが、ここでは白く、まさに金剛の煌めきだ。

これまで私は「星が口に飛び込む」というのは何かの比喩だと解釈していた。が、圧倒的な明星を目の当たりにした今、修行中の空海の口に飛び込んでも不思議ではないと確信した。

前にふれたように、空海が行った虚空蔵求聞持法とは、虚空蔵菩薩の真言を百日間で百万回唱えるというもの。剝き出しの自然に身を投じ、百日の間、山や海に身体を打ち付けてきた空海。金星は大宇宙の表出だった。金星が飛び込むことで、空海は大宇宙とひとつになったのだ。

遍路行とは、大師のそうした経験に連なるものであるのかもしれない。

水平線の下には熱い日が隠れている。やがて土佐の海に壮大な朝焼けが広がり始めた。今日も暑くなりそうだ。

紺碧の海を左手に山頭火の句を口ずさみながら歩く。山頭火の句は書斎で読むより旅の道すがら手に取るほうが、俄然活き活きとしてくる。空はすっきりと晴れ上がり、〝青幕、天に張る〟如しだ。

大きな青年大師像が前方に見えると、程なく室戸岬に着いた。大師が修行し悟りを開いたとされる「みくろ洞」は、住居として使った御厨人窟《みくろど》と行場として使った神明窟《しんめいくつ》が海に口を開けて並んでいる。落石が多いこの場所は一時立ち入り禁止だったが、落石防護用の鉄製の屋根が新設されて入ることができるようになった。

神明窟の祠の前には赤い蟹が一匹、ぷくぷくと泡を吐きながら海の方を向いてじっとしていた。深い御厨人窟の奥には大国主を祀る五所神社が鎮座する。

太平洋に突出した室戸岬の風雨にさらされた洞窟は岩を剝落させながら、ひたすら空と海に対峙する。この地で空海は斗藪《とそう》（修行の一種）しつつ、造化に従い、海や山の恵みを得て自給自足で暮らしていたはずだ。隔絶されたこの地では生きることが即ち

〝行〟ではなかったか。「一枝に逍遥し、半粒に自ら得たり」（『三教指帰《さんごうしいき》』巻の下・仮名乞《かめいこつ》児《じ》論）。生きることのすべてが自然の活動と共にあり、空海の感覚器官（六根）は研ぎ澄まされた。

「五大にみな響あり、十界に言語《ごんご》を具す」（『声字実相義《しょうじじっそうぎ》』）。自然の一部と化した空海。

彼とその他を隔てるものはなく、融合していた。洞窟をおとなう蟹のつぶやきは仏のつぶやきそのものだった。彼は蟹に〝仏性〟を見たに違いない。蟹のつぶやきも、波音も、星の煌めきも、仏の言葉であり、あらゆるものが真理を伝えようとしていた。この隔絶された小さな洞窟には仏の声が犇《ひしめ》いていただろう。

ここに立って外を見ると、洞窟は額縁となり空と海のみを切り取って大写しにする。朝日も星空も額縁の中で拡大され、水平線の上に輝く金星は、いっそう光彩を強めるだろう。

「のうぼう　あきゃしゃ　きゃらばや　おん　ありきゃ　まりぼり　そわか……」

真言を唱え続けることで真空状態になった心身に、明星の光輝が迫りくるのを実感したのだ。

再び国道を歩きだすと漁業殉職者追慕之塔が数多の地蔵に囲まれて建っていた。この辺りは〝大敷〟と呼ばれる定置網漁が盛んだ。全長500メートルの巨大な網を使い複数の船で魚を追い込んでいく大敷網漁。室戸の東海岸の地形に適った伝統漁法で、全員の息を合わせての追い込み漁だ。佐喜浜で見た大きな網も大敷だったのだ。供養塔には漁師の名と共に船の名が刻まれていた。

宴の漁師たちの姿が思い出された。あの底抜けの明るさは、かつては「板子一枚下は地獄」と称されたように、死と隣り合わせの「いま、ここ」を生きる命の放光なのだ。

二十五番津照寺《しんしょうじ》までは旧道を行く。「昭和九年海嘯襲来地點(点)」の碑がそこここに建つ。室戸台風時、風速66メートルもの暴風に煽られ、十数メートルの潮津波が大きな被害をもたらした。道端で目にする碑の一つ一つが、土佐の海の厳しさを旅人に告げていた。

津照寺は通称〝津寺《つでら》〟。海で働く漁師のために海上安全と大漁を祈念して空海が開創した。ご本尊は地蔵菩薩で、海難除け地蔵として今も厚い信仰を集めている。

8　あらゆるものに〝声なき声〟

計らい

六年前の遍路でも世話になった安芸の友人宅に泊めてもらい、脚を休ませることにした。翌日は朝から篠突く雨となった。休むにはちょうど良い。母に手紙を書いたり、友人の車で買い出しに行ったりと、久しぶりにゆっくりと過ごす。

その次の日はよく晴れ、早朝の空に立待月が白々と残っていた。今日は二十六番金剛頂寺を打つ。金剛頂寺の麓の行当岬《ぎょうどざき》には不動岩と呼ばれる窟籠《いわやごもり》をする洞窟があり、室戸岬と行当岬をむすぶ道は、密教の「金胎不二《こんたいふに》」（胎蔵界と金剛界は別々のものではなく、一つのものであるとする）を実践した修行の場であった。

一日休んだことで膝の痛みは少し治まったが、ぶり返しはしないかと気を揉みながら山道に入る。私が今日一番早いお遍路さんだろうと思いきや、男性が下りてきた。「やあ！　女性一人でえらいねぇ！」参拝の後は通常は岬の西側へ下りるが、脚を傷めているので同じ道を下ることにしたという。

「万が一、階段でもあったらえらいことだからね」。山の階段は傷めた脚に応えるのだ。私が膝の痛みと汗疹のトラブルを抱えて困っていると言うと、「サポーターか汗疹か、どっちを取るかみんな悩むんだよね。それが遍路」と笑った。

道も同じだと言う。失敗したなと思う時もある。でも引き返すわけにはいかない。だったらよかった点を探す。自分が選んだ道なのだから。「だから遍路は一人で歩かないといけないんよ」。

金剛頂寺の山門に着いた。今日は母の半年に一度の癌の検査日だ。ご本尊を事前に調べずに来たのは、きっと何かの〝許らい〟があると信じていたからだ。果たしてご本尊は薬師如来であった。

母のことを祈り、御守を買って大師堂へ廻ると、なんと堂の前に「がん封じ乃椿」があった。古木の一部が祀られていて、撫でるとご利益があるという。遍路で初めて目にする癌封じだ。さらなる〝許らい〟に感謝する。多くの願いを受けとめてきた御霊木の瘤にそっと触れ、祈った。

膝の具合に気を付けながら岬の西側に出る山道を下り、羽根岬へと海辺の旧道を歩いていると、一台の車が急停止した。「良かったら食べて！」ソフトクリームを手にした高齢の女性が車から降りて来た。麦茶とスナック菓子もくださった。女性のおやつをすべてもらってしまうのではないかと遠慮していると、「ええが、ええが、私のはまた買うたらええだけやき！」と再び車に乗り込んだ。

その日も友人宅に泊めてもらう。膝はなんとか持ちこたえていたが、右足のかかとがひどく痛み出した。その夜は痛みで何度も目が覚めた。痛む部位は日々変わる。通しの歩き遍路では常にあることだ。


二十七番神峯寺《こうのみねじ》の麓には古い街並みが続いていた。地図を開いて道を確認していると、「昔からの道は橋を渡って川に沿うてね……」と通りがかりのおばあさん。急な坂道を上ることしばし。草刈作業の男性たちが、「もう少しですよ。がんばって！」と代わる代わるに励ましてくれる。

駐車場に併設された売店で数人のお遍路さんが休んでいた。金剛頂寺への山道で出会ったあのお遍路さんもいた。「ちょうど今、あなたの話をしてたんよ」そう言うと、リュックから湿布薬を取り出した。昨夜、宿の女将さんにお接待でいただき、よく効いたので新たに買ったそうだ。「あなたにも」と湿布薬をくださった。お接待は遍路同士でも度々し合うが、一枚でも多く自分用に持っていたいはずだ。有難くいただく。

神峯寺は清浄感があり〝気〟が良いお寺だ。通夜堂を借りて友人が作ってくれた弁当を食べていると、壁に貼られた一文が目に留まった。

「早く歩くか、ゆっくり歩くか。何日で廻るか、何回廻るか。そんなことよりしっかり歩け。そして何かをのこせ」

その通りだ。しかし遍路同士で話していると、一日に何キロ歩くか、何日で結願したか、何回目の遍路か、そんな話題が多くなる。特に日本人は顕著だ。そして競争のように速く歩く。その結果、大事なものを見過ごしている人が多い。

ところでここ数日、この先の宿を取るために電話をかけつづけているが、どこも満室で予約が取れない。三連休が来るのだ。このままだと野宿になってしまう。札所で顔を合わせた通しのお遍路さんは、諦めて一旦家に帰ることにしたと言っていた。区切り遍路の場合はかなり前から予定が立つが、通しの遍路は脚の故障などもあるため、なかなか先の宿まで予約ができないのだ。

弁当を食べ終わると宿のリストを開き片っ端から電話をかける。ようやく一軒の民宿がキャンセル待ちに入れてくれた。

追ひかけて来て接待の柿ひとつ　　まどか

色変えぬ松の並木が続く琴ヶ浜を過ぎ、岸本の町に入った。「お遍路さ〜ん！」呼び止められて振り向くと、庭先で作業をしていた男性が追いかけてきて柿を一つ手のひらに載せてくれた。「お接待です」。鳥肌が立った。

実はこの遍路をはじめる前に、「秋遍路」と題した十句を俳句総合誌に送っていた。前出の柿の句はその中の一つだ。前回の遍路の体験を踏まえて秋の遍路を想像して詠んだ句だったが、俳句の情景を現実の方が後から追いかけている。

男性も歩き遍路の経験があり、別格霊場も打ったそうだ。別格七番出石寺の打ち方と別格霊場のアプリを教えてくださった。「別格は良いお寺が多いですよ。出石寺もそうですが、六番龍光院《りゅうこういん》もなんとも言えず良い雰囲気です」。間もなく区切り遍路を再開すると言う。「どこかで会えますね」「いえ、数日後に三十七番岩本寺《いわもとじ》からスタートするので、僕の方が先になってしまうはずです」。

ふと白衣を着た彼とばったり出会う景色が浮かんだ。俳句と同様、きっと現実の方が後追いするだろう。「またお会いしましょう」そう言って、柿を手に再び歩きはじめた。

「春野町秋山」という地名

今日は母の誕生日だ。八十九歳。父が亡くなって丸三年、悲しみを乗り越え、幾つもの重い病を抱えながらも今の状態で留まってくれていることを有難く思う。

夕刻、電話をすると、我が家に遠方から私の友人が集ってくれていた。誕生会の料理はお隣さんが作ってくれたそうだ。なんと嬉しいサプライズだろう。「私くらい幸せな年寄りはいない」母の口癖だが、電話口の明るい声を聞き、私も幸せを噛みしめた。

十月に入って、そこここで田仕舞の煙が上がっている。父がこよなく愛した田園風景だ。そして、彼岸花に代わって秋桜をよく見かけるようになった。母が最も愛する花だ。三十番善楽寺《ぜんらくじ》で母の健康祈願の護摩焚きを申し込む。

高知市街への道が二股に分かれた。どちらへ行くべきか。悩んだ末にアプリのGPSマップを使ったのが間違いだった。道なき道を平気で行けという。仕方なくアプリのルートから逸れてバイパスを歩くことにしたが、並行して上に高速道路が通り、騒音と排気ガスが暑さに拍車をかける。完全な失敗だが、自分が選んだ道だ。金剛頂寺への山道で出会った男性の言葉が甦る。「だったらよかった点を探す」。

するとと上を走っている高速道路で西日が遮られていることに気が付いた。もしも高速道路がなければ西日をまともに浴び続けて歩くことになる。今日の条件下ではこの道がベストだったのかもしれない。

秋遍路ひとりびとりの夕日かな　　まどか

遍路道からは少し離れた高知市内のビジネスホテルに、飛びにチェックインした。シャワーを浴びると、洗い髪を乾かす余力もなく、エアコン部屋で転寝《うたたね》をしてしまった。それですっかり風邪を引いたようだ。ひどい悪寒と吐一晩中眠れなかった。

朝食は抜いてホテルを出たが、身体が重い。多少の不調は皆抱えて歩き続け、それが遍路だ。

三十一番竹林寺《ちくりんじ》へ向かって街中を歩いているときだった。「足取りが軽いわ！　若いがやねえ！」すれ違いざまにそう言われて、なんだか急に足取りが軽くなった。「ありがとうございます！」と笑顔で応える。見栄も大事だ。

辛いときほど笑顔で……この遍路で心がけていることだが、歩きはじめてしばらくして出会った二十代前半の女性のお遍路さんから学んだことだ。

彼女は典型的な今時の若者で、地元の美味しいもの・かわいいものを常にネットで検索し、ゲームをしながら遍路をしていた。しかし、酷暑の中で、急峻な坂道で、彼女はけっして苦しい顔を見せない。むしろそんなときこそ大きな笑みを湛えていた。一度[illegible]ったきりだが、今この瞬間もとびきりの笑顔で歩いているに違いない。

遍路道はしばらく牧野富太郎博士を記念した牧野植物園の中を通り抜ける。[illegible]んは入園料無料だ。今日一人目の遍路と見えて、蜘蛛の巣をテープカッ[illegible]と切って進む。

竹林寺では法師蟬の声に迎えられた。暑くて仕方がな[illegible]のだ[illegible]のせいか身体の芯に寒気を感じる。先ほどの空元気はあっという間に[illegible]、コンビニで買った昼食のおにぎりも、食べる気になれない。車遍路とおぼしき高齢のご夫婦に声を掛けられた。「歩きですか？　お一人で？　良かったらお守り代わりにどうぞ……」美しい錦の納め札だった。百三十回以上、二人で巡拝されているという。きっと何か理由があるのだろう。有り難くいただき父の念珠を入れたポーチにしまった。

下田川に架かる「遍路橋」を渡って、市街地を進む。やがて溜池の畔に出た。四阿にリュックを置くと、「秋になったねぇ」と先客の散歩の男性。池の周りを赤とんぼが飛んでいる。見知らぬ人としばし池を眺めた。

逝く夏を惜しみ、秋を迎えた感慨が小さな四阿に溢れる。「暑い秋やったけど、もう楽になるね。気を付けて行きや」。

赤とんぼ止《とど》まれば空流れ出す　　黛　執

あと二週間程で父の祥月命日だ。その日をどこで迎えるかずっと気になっていたが、中秋の名月と同様、あえて計算せずにいた。きっと然るべき札所でその日を迎え、供養できるに違いないと思ったからだ。しかしこの調子でいくと、札所と札所の間の移動日に当たりそうだ。

「成行きに任せると決めてきました。そしたらすべてがより素晴らしい方へといくんです！」ふとフィリップの言葉が思い返された。成行きに任せていれば、きっと計らいがあるはずだ。〝どこで〟過ごすかではなく、〝どう〟過ごすかが大事なのだ。

十月に入ると夜明けが遅くなり、日暮れが早まっているのを実感する。日中は相変わらず暑いが、朝晩は肌寒い日もある。三十三番雪蹊寺《せっけいじ》門前の宿を早朝に出発して車道を歩いていると、夕食で一緒になったバイクの人が追い抜いていく。「気を付けて！」。今度は自転車の人が追い抜いていった。「がんばって！」。

スマホが鳴った。キャンセル待ちの宿からだ。空きが出たというので二泊押さえた。これで三連休をやり過ごせる。二日目は脚の休息日にすればよい。

旧春野町に入った。「おはようございます。あと3キロ程ですよ」。植木の手入れをしていた男性が声をかけてくれた。田畑が広がり穏やかで美しい町だ。あちらこちらで小川が音を立てて流れているが、どの水もよく澄んでいる。実は特別な思い入れがあり、この町を歩くのを楽しみにしていた。

父の第一句集が『春野』という書名で、さらに父が創刊主宰した俳句誌の名も「春野」だからだ。前回ここを通った折には嬉しくて父に電話を入れた。「そんな名前の町があるんだなぁ」父は感慨深げに言った。

朝の虫がしきりに鳴いている。虫の声も、水のせせらぎも、通りすがりの人の何気ない言葉も、仏性の顕れであり、仏の声だ。

やがて「春野町秋山」という地名が目に飛び込んできた。一足飛びに三十年前にワープする。一九九四年の夏、私は角川俳句賞奨励賞を受賞した。勤めていた銀行をやめて、履歴書に「家事手伝い」と書いていた頃のことだ。これからどう生きていくべきか思い悩んでいた。

授賞式から間を置かずに初句集『B面の夏』を編み、出版してくれたのが当時「俳句」編集長だった秋山巳之流氏だ。句集は売れないという出版業界の既成概念の中で孤軍奮闘してくださり、初版二万五千部を刷った。句集としては異例のことだった。

九月に句集が刊行されると、続々と仕事の依頼がはいり、その翌月にはレギュラーのテレビやラジオ番組、それに紙誌の連載十一本がはじまった。「家事手伝い」の人生が突然一変したのだ。

「依頼は断っちゃ駄目ですよ。全部受けましょう。まどかさんなら出来る!」秋山さんは、戸惑う私を辛抱強く励ましてくれた。

古い俳句の世界に迎合することはない。俳句の骨法である「型」さえ守っていれば大丈夫だから、若さを大事に大いに冒険してと、父は陰で応援し続けてくれた。

父、そして秋山さんの存在無くしては、俳人黛まどかは誕生しなかった。二人は同時に良き師でもあった。

密教では良き師との出遇いが出発点であり、すべてであるとする。鬼籍に入った二人に因む「春野町秋山」。地名の標識は、エールの横断幕のようだ。「六塵ことごとく文字なり、法身はこれ実相なり」（『声字実相義』）。私たちが認識する現象世界のあらゆるものが宇宙から発信される〝声〟であり〝文字〟であり、大日如来のありのままの姿であるとする空海の教えを思う。

小流れに沿って歩いていくと、三十四番種間寺に着いた。

水音に蹤《つ》く鈴音や秋遍路　　まどか

9　口実ではない、発心を探し求めて

「四国に試されている」

三十五番清瀧寺《きよたきじ》・三十六番青龍寺《しょうりゅうじ》と打ち、宇佐の宿に入ると、元気の良い若女将が切り盛りしていた。最近では大女将は料理を作ることに専念し、あとのことはすべて若女将に任せているという。

前日の宿も入院中の大女将に代わって娘さんが切り盛りしていた。遍路宿は世代交代の時期にきている。コロナ禍を機に廃業するところも少なくない。宿がなければ遍路は歩けない。遍路宿の危機は、歩き遍路にとっての危機でもある。

夕食は二十代と五十代の歩き遍路の男性と一緒だった。五十代の男性は通しで二度目。遍路ころがしや宿のことなど、自然と会話が盛り上がる。若い方は私たちの話に熱心に耳を傾けている。彼は仕事の合間に区切りで歩いている。都会的で線は細いが一日40キロ歩くそうだ。

「何のために歩いているのか今もよくわからないんです」前髪を直しながら、若い男性が言った。「四国に試されているような気もします」。

初めての遍路は二月だった。焼山寺の日は朝から雨が降っていて、地元の人に止められたが強行した。雨は途中で霙《みぞれ》になり、雪になった。くるぶしまで雪に埋もれながら一人山道を歩いていると、ネオンサインが次々と現れては消えた。幻覚だ。

這《ほ》う這うの体《てい》で札所にたどり着いたが、以来「試されている」気がするのだそうだ。

「宿に着いてお風呂に入った瞬間が最高に幸せなんですよね。その瞬間のためだけに毎日歩いている感じです」と苦笑いした。

翌朝、土砂降りの雨の中を出立する二人を、気の毒に思いながら若女将と見送った。何のために歩いているのかわからない……。むしろ明確にわかっている人の方が少ないのではないか。

みな〝口実〟ではなく、確固たる〝発心《ほっしん》〟を探してもがいている。私もその中の一人だ。そして、彼もまたサン・テーレなのだ。

部屋に戻るとスマホが鳴った。俳人の姜琪東《かんきどん》さんだ。知り合って二十年になる長い知己だが、久しぶりの電話だった。

「まどかさん、今どこにいるの?」「高知です」「高知のどこ?」姜さんは高知のご出身だった。「宇佐です」「僕の故郷は須崎です」「須崎なら明日通りますよ!」。姜さんの声がみるみる潤んでいく。「懐かしいなぁ……帰りたいなぁ。涙が出てくる」。

水汲みに出て月拝むチマの母　姜琪東

在日二世として高知に生まれて育った姜さん。実家はもうないが、八十代半ばになられて故郷を偲ぶ。

それにしてもなんというタイミングだろう。姜さんは私が遍路にあることさえ知らずに電話をくれたのだ。つくづくと遍路は不思議な偶然に満ちていることを思う。一見つながりの見えないこの偶然も、〝つづれ織り〟の表から見ると美しい模様を描いているのだろうか。

気が付くと三時間近く転寝をしていた。久しぶりにテレビをつけると、十月七日にアフガニスタンで多数の死者を出す大地震が起こり、イスラエルとガザ（ハマス）の間で戦争が勃発したようだ。

これらもつづれ織りに喩えられるのだろうか。それでも神の側から見ると美しい織物に見えているのだろうか。天災や戦禍で命を落とす夥しい人々とその家族のことを考えると、つづれ織りが俄にレトリックにすぎないようにも思えてくる。考えようとしたが混乱するだけだった。

「空」と「実体」を行き来して

翌日、辛うじて取れた宿は十数キロしか離れていないため、別格五番大善寺《だいぜんじ》を打った後で土佐新荘《とさしんじょう》駅まで歩き、列車で宿の最寄駅多ノ郷《おおのごう》まで戻ることにした。大善寺では前年に大きな発見があった。弘法大師ゆかりの「二つ石」が発見されたのだ。

かつてこの辺りは海に突き出た二つ石岬にあり、土佐の親知らずと呼ばれるほど海難が跡を絶たなかった。巡錫の折それを知った大師が岩の上で死者の菩提と海上安全を祈願し、一寺を建立したのが大善寺の大師堂の起源だ。「二つ石のお大師さん」と呼ばれていた大善寺だが、二つ石は堆積した土砂で埋まり、所在がしばらく不明だったそうだ。

四国には、大師が巡錫の途上で地域の窮状を知り、祈願したり、水を湧かせたり、土木工事をしたりして民を救った逸話がそこここにある。空海は隔たった場所で修行していただけではなく、地域に密着し、石となり、土となり、水となって今なお息づいている。千二百余年、空海が「お大師さん」と敬愛され続ける所以だ。

翌朝、同宿だったドイツ人、デンマーク人、アメリカ人の女性たちと多ノ郷駅から列車に乗った。みな前日安和《あわ》まで歩いている。それぞれに遍路に来て四国で出会ったらしい。三人は声を揃えて日本語で言った。「おへんろ・ともだち！」。大笑いし、遠足のような騒ぎとなった。

私だけが一つ手前の土佐新荘駅で降りる。ワンマンカー先頭の降車ドアへと移動していると、見覚えのある顔が座席にあった。向こうも私の顔を見てはっとしたようだ。柿をくださった男性だ。白衣を着てすっかりお遍路さんに変身している。「あの時の！」男性は三十七番岩本寺のある窪川まで列車で行くと言う。「やっぱり会いましたね！」彼にともなく自分にともなく言い、握手を交わした。

土佐久礼《とさくれ》に入った。六年前の遍路では、町の外れに架かる橋の袂で、小田原にある私の母校の建設工事に携わった高齢の男性に遇った。大きな木の下だった。もしやまた会えるのでは、としばらく木蔭のベンチで待ったが、叶わなかった。

誰もいない木蔭を眺めていると、あの日のことが空華《くうげ》のように思える。日々札所で唱えている般若心経が脳裏に去来した。

……照見五蘊皆空《しょうけんごうんかいくう》、度《ど》一切苦厄《いっさいくやく》、舎利子《しゃりし》
色不異空《しきふいくう》、空不異色《くうふいしき》、色即是空《しきそくぜくう》、空即是色《くうそくぜしき》……

五蘊とは人間をとりまく世界を構成する五つの要素のこと。色（形あるもの）、受（視覚・聴覚などの感覚）、想（表象・知覚）、行（意志・実行）、識（認識）、これらはそれぞれが固有のものというよりは、その時々の関係性やつながりの中で形を変えるという意味では「空」だ。

人の営みは「空」であると見極めれば、苦悩や災厄から解き放たれると般若心経は説く。あらゆる物質的存在は、実体のない「空」と異なるところなく、実体のない「空」の世界は、目に見える物質存在の世界と異なることはない。実体は即ち「空」であり、「空」は即ち実体である。般若心経は、この世のあらゆるものに実体がないとする。

現代人の日常では日々の仕事や人間関係などがまさに「実体」であり、それが「空」

などとはおよそ考えもしない。「空」と言われても実感がない。しかし日常を離れ、毎日身体を酷使しながら般若心経を唱えていると、これがすべてだと思っていた「実体」が幻のように思えてくる。汗まみれのこの遍路こそが「実体」なのだ。

たまたま六年前のあの日、あの時、あの場所に立ち寄ったから、おじいさんに会えた。おじいさんもまたそうだったから、授かった出会いであり時間だった。すべてが因や条件が寄り集まった関係性のなかにあり、縁起のなかで生じている。柿をくださった男性との出会いも再会もまた、縁起によってもたらされたものだ。私から見ればどれも掛け替えのない実体なのだが、いずれの邂逅も「実体」であり且つ「空」であるということなのだろうか。

お宮さん通りの甘味処に入り、ところてんを注文した。おろし生姜と仏手柑《ぶしゅかん》がたっぷりと入ったところてんを食べて生き返った心地だ。「徳島はすだち、高知は柚子が多いけど、西高知は何にでも仏手柑や」店主のお薦めで、この季節しか獲れないメジカの新子と星鰹を市場で捌いてもらい、ごはんを買って休憩所で食べた。もちろん刺身にも仏手柑をたっぷりかける。

ゲストハウスには私の他に三人の男性宿泊者がいて、夕方に顔を合わせた。明日の七《なな》子峠《ことうげ》への道は、大坂遍路道、そえみみず遍路道、車道と三通りある。前回そえみみずを歩いたので今回は大坂遍路道を行こうと考えていた。ゲストハウスのオーナー女性も大坂遍路道を薦めた。

ところが反時計回りに巡拝されてきた逆打ちの方はそえみみずを薦めた。今日大坂遍路道を来たがかなり荒れていたと言うのだ。悩んだ挙句、やはり大坂遍路道に決めた。四十代の男性も同じ道を行くというので、荒れているところだけ一緒に歩いてもらえないかと頼んだが、翌朝市場で買い物をするので宿を出るのが遅くなるという。

お遍路の色なき風につまづける　まどか

結局一人で出発した。しばらくは歩きやすい道を行ったが、山道に入った途端に嵐の後のように道が崩れていた。これが道？　前にも後ろにもお遍路さんはいない。逆打ちの方のアドバイスに従うべきだったか……。

仕方がない、自分が選んだ道だ。今更引き返すわけにもいかない。滑落しないように進むしかない。最後の梯子のようにそそりたった階段では、リュックの重みで何度も後ろにそっくり返りそうになる。無我夢中で登っているうちに、七子峠に出た。

10 「ありがとう」が湧き出すとき

手許に戻ってきた金剛杖カバー

ほっとしてベンチの方に向かうと、男性のお遍路さんが座っていた。「もしかして大坂遍路道を来ましたか?」。はいと言うと、驚いた顔をした。「いやあ、突然現れたからそうかなと。キツかったでしょう?」。大変でしたと答えると、「その割にはケロっとしてましたよ」と褒めてくださった。〝辛いときほど笑顔で〟を実践できていたことが嬉しかった(心の中では泣いていたのだが)。

男性はKさんといい、七十代半ば。お遍路は五回目だ。「今回で最後にしようと思ってるんですけどね」と言った後で「でもすぐに戻ってきちゃうかな」と自問自答するように言った。「お四国病ですね」私が言うと、「そうかもね」と笑った。お四国病とは、遍路に魅せられて憑かれたように何度も四国遍路にやってくることを言う。

ベンチに金剛杖を置こうとした時だった。杖の頭に付けていたカバーがないことに気が付いた。険しい道の途中で落としたに違いない。ここまで苦楽を共にしてきたカバーだ。ショックを受けていると、「確か今日お泊りの岩本寺宿坊の売店で売っていますよ」と慰めてくれた。

Kさんは GPS マップはほとんど使わず、昔ながらの地図を頼りに歩いている。「間違えながらも、地図を見て自分で考えて歩かなきゃ遍路じゃないですよね」と。「ご苦労様です」草引きをしていたお年寄りが手を止めて挨拶する。「農作業をしている人に労われるたびに恥ずかしくなるんです」と言うと、「本当に。なんか恐縮しちゃうよね」とKさん。

休憩を取りに四阿に入ると、昨夜のゲストハウスに電話をかけた。遅出のあのお遍路さんに、途中で杖カバーを見つけたら拾って来てもらうよう託したのだ。山道で落としたら見つからないでしょう、とKさんは言うが、なぜか手許に戻ってくるような気がする。カバーを手に感激する自分の姿が浮かぶのだ。

夕刻、宿坊の夕食会場に入ると、杖カバーを手に男性が立っていた。「はい、ありましたよ」。Kさんが目を丸くした。「ここまで歩いてきて思い入れがあるカバーでしょうから、絶対見つけてあげなきゃと必死でしたよ」男性がほほ笑んだ。クールで近寄りがたい印象だった彼の別の一面を見た思いだ。

食事を終え部屋に戻ると、金剛杖にカバーを被せて紐をしっかり巻きつけた。想像通り、カバーを手にして感激する私がここにいる。またしても現実の方が後から追いついてきた。

翌朝、十数キロ先の宿を目指して、宿坊を遅めに出た。遍路の距離としては短すぎるのだが、前回もお世話になった農家民宿のおかあさんに会いたいのだ。金木犀の甘い香りが時折漂う中、伊与木川に沿って歩く。

宿は遍路道を数キロ逸れたところにあるため、宿のおとうさんが市野々川橋まで車で迎えにきてくれていた。「九月はあんなに暑かったに、十月になったら急に気温が下がったき、慌てて炬燵出しました」「異常気象ですね」と言うと、おとうさんは頷いた。「もっと人間は慎ましうせんといかんがやないろうか。生活そのものを見直さんといかんと思うがですよ」。

広い屋敷の庭先でおかあさんが待ってくれていた。今回も二階建ての離れに一人で泊めていただく。「六年前とすべて同じです。変わったのはこの夫婦が年を取っただけです」そう言って夫妻は笑った。百二歳のおばあさんを看取った離れには、家族の歳月と思いがしみ込んでいる。

先程からおかあさんが少し動く度に胸を押さえ、息を整えているのが気になっている。実はこの週末は夫婦で東京へ出かける予定だったが、おかあさんの体調が悪いため、急遽東京へ行くのを止めて検査入院することにしたそうだ。旅行がキャンセルになったので、私は受けていただけたのだ。

「検査結果が悪かったら、これ以上は治療せんと、このまんま寿命を迎えたらええわと思いよります」。運命を静かに受け入れる態度には、胆力の強さが窺えた。

夕食は四万十川の鮎の塩焼きなど、心づくしの手料理が並んだ。何気なく部屋を見回すと、本棚に拙著『奇跡の四国遍路』が置いてあった。前回私が泊まったことは既に御存じだろう。遍路中は本名は使っていないのだが、名乗ることにした。

「実は私……」と言いかけると、「黛さんじゃないですか?」とおかあさん。頷くと、「まあ、やっぱり」と言って畳の上に座り直された。「その節は本当にありがとうございました」澄んだ瞳から玉のような涙が零れた。「東京に住む主人の弟がお義姉さんのことではないかと本を送ってくれました」。

六年の間におかあさんは心臓の手術を繰り返し、私は父を亡くした。多くは語り合わなかったが、互いの上を流れた歳月の重さを思っていた。その夜はおかあさんが出してくれた綿入れを羽織り、ゆっくりと過ごした。

翌朝、見せたいものがあると、おとうさんが丹精している寒蘭を見せてくださった。屋敷裏へ行くのは初めてだったが、納屋の中まできれいに掃除されていた。お二人が日常の一齣《ひとこま》一齣を丁寧に生きていることが、そこここに感じられた。

「疲れたら舐めてください」庭で採取している日本蜜蜂のはちみつを小瓶に詰めて持たせてくれた。私の遍路にいつも美しい時間と気づきを与えてくれる、農家民宿「かじか」だ。

同行二人しばらくは花野行き　まどか

有難し

朝露に野花が輝くなかを歩く。高速道路建設中の高知ではあちらこちらで工事のため遍路道が迂回させられる。明治時代に造られた熊井隧道は辛うじて通ることができた。

100メートルほどのレンガ積アーチの隧道は物音ひとつなく、出口で木々が朝日に輝いている。

四万十市までは、その後の国道56号が長い。左手に海を見ながら炎天下をひたすら歩む。木蔭のある公園までがんばろう、と歩いていると後ろから大柄な男性がやってきた。

大きなリュックを背負いひどく汗をかいている。「暑いわね〜。最高気温27度というけれど、もっと暑い気がするわ」私が言うと、彼はリュックの肩紐に取り付けた小さな温度計を見た。「30度超えていますよ。昨日もそうでした」。

三十代半ば、テントを背負っての野宿のお遍路さんだ。悩みを抱えて遍路に来た。もともと趣味で登山をしていたので、歩くことには慣れている。「でも、遍路をなめていました」。

荷物が重すぎて、焼山寺の山中で日暮れてしまいそうになり、徳島に暮らす友人に助けを求めた。その後荷物を作り直して再出発したそうだ。靴を買い直し、リュックの重さを5キロ減らした。「荷物の量は不安の量。あなたが不安と闘って不安を捨てることができたとき、荷物は減る……」出会った人の言葉が響いたという。

「一人で歩いていると思考が負のスパイラルに入っちゃって……遍路一周したら何かが変わるのか、わからないのですけれど」「変わりますよ。負のスパイラルも大事なプロセスだと思うの。とことん向き合って」

彼は頷くと、前方を指さした。「足摺岬、真南です！」小さなコンパスも肩紐に付けている。「一時間歩いたので、この先の公園で休みましょう」彼が地図で公園を確認して言った。

「食べますか?」シリアルにナッツやマーブルチョコを混ぜたものをリュックから取り出すと私の手のひらにのせてくれた。登山用の行動食らしい。彼が額に巻いたバンダナを絞ると音がするほど汗が絞れた。ストレッチで身体のあちこちを伸ばしながら自分のことを語り出した。

以前は保険会社に勤めていた。成績は良かったが、金融という仕事そのものにずっと疑問を抱いていた。「お金がお金を生むってことがわからないのです。実体がないじゃないですか」同僚や上司からは考え過ぎだと言われたという。

私もかつては銀行で働いていた。が、就職した先がたまたま銀行だったというだけで、金融業そのものについて深く考えたことなど一度もなかった。

「二十代前半、バックパッカーで世界一周したんです。偶然とは思えない不思議な出会いがたくさんあって」「遍路でも不思議な出会いがありますよ。そして不思議なことが連続して起こります」。信仰心はないが、何か大きな力に導かれているという感覚はあると言う。「焼山寺で〝なめるなよ〟とがつんとメッセージを送られた気がしました」。彼は後半になればなるほど感度が上がるので〝サイン〟を見逃さないようにと励ます。彼は

〝サイン〟の意味を即座に解したようだった。

再び歩きはじめて気が付いた。彼がスマホを使うのをまだ一度も見ていない。写真は極力撮らないようにしているそうだ。「後で見たらきっと記憶と違って見えちゃうと思うんですよ」。そして地図を開いた。「僕がテントを張る休憩所は、あなたの宿の先なので、お宿の前まで送りますよ」。

ＧＰＳマップは使わない。地図は全体感を把握するのに使い、あとは方角と地形で判断し、道標を見る。

「当たり前のことですが、世の中ってすべて人の仕事で出来上がっているんだって、お遍路で気づいたんです。そして心から〝ありがとう〟と言えるようになりました。〝有難し〟、有ることが当然じゃないと思えるようになりました。感謝の思いが心から湧き出るんです。これまで感謝の思いが足りなかったなと」

そして海の方を向くと目を細めた。「この海の色！　川もきれいですよね。四国って、街を流れる川まで澄んでいる！」。

彼のお蔭で今日は一度も迷うことなく宿に着いた。「ありがとうございました。この後もお気をつけて」そう言って去っていった彼。誠実だから悩むのだ。名前も訊かずに別れてしまったけれど、必ずやこの遍路で何かを見出し何かをのこして帰るだろう。
有難し……彼と過ごした時間は、多くの発見をもらった掛け替えのないものだった。
私の方こそ、ありがとう。

大いなる夕日の中へ遍路消ゆ　黛　執

11　遍路とは「辺地《へじ》」をゆくこと

六年の間で変わったこと

翌日は朝から雨になった。最初に入ったコンビニで同世代の女性のお遍路さんと一緒になる。徳島からで、初めての遍路のようだ。この先に長いトンネルがあるので一緒に抜けましょうと誘うと、「コーヒーを飲むので、後から追いかけます！」と手を挙げた。

私の方がかなり前を歩いていたはずだったが、あっという間に追いついてきた。マラソンが趣味で100キロマラソンにも参加するという。速いわけだ。トンネルに入ると彼女が大きな声で言った。「私はトンネルを歩くが大好きよ！」耳を疑った。トンネルのどこがいいのかと訊くと、「涼しくてええわ〜」と言う。「でも空気は悪いし、車が怖くないですか？」「ううん、ちっとも怖ないよ」。お遍路さんも百人百様だ。

しばし一緒に歩いた後、次の休憩所でお弁当を食べるので先に行ってくれと彼女。至ってマイペースなのだが嫌味がなく付き合いやすい。

下ノ加江川に沿ってしばらく歩いていくと、懐かしい建物が目に飛び込んできた。「ロッジカメリア」だ。当時のままの姿で下ノ加江の交差点のところに建っている。ただオーナーのご夫妻がいないだけだ。

一泊三千円で、清潔で快適なベッドルームや風呂を提供。カレーライスの夕食とパンの朝食はお接待で無料だった。お遍路さんに大人気だったが、コロナ禍で廃業を決めた。

二〇二一年、「悲報、ロッジカメリア廃業」とSNSでニュースが流れた。すぐに電話をするとおとうさんが出た。「がんばっとったけど、お遍路さん一人も来んもんね。もうワシも年やし」。ご夫妻はお遍路の経験者で、「恩送り」のため大阪から移住して遍路宿を開いた。前回宿泊した折にはセルフサービスのコーヒーを飲みながらご夫妻を交えてお遍路さんたちとおしゃべりを楽しんだ。出立する私を「また来てね」と手を振ってここで見送ってくれたのに。もとより遍路宿は経営者の高齢化により存続が危ぶまれていた。そこにコロナ禍が追い打ちをかけ七十軒近くが休廃業したと聞く。宿の存続は歩き遍路の存続に直結する深刻な問題だ。

少し付け足すと、前回の遍路からこの六年の間に遍路道周辺に目立った変化が幾つかあった。まず空き家が増えていた。中には集落ひとつがそっくり廃屋になっているような地域もあった。廃校や耕作放棄地もたびたび目にした。六年前には子供の声が響いていた校庭やお年寄りが作業をしていた畑からすっかり人影が消え、雑草が生い茂っていた。入れ替わりに不気味なほど急増していたのは太陽光パネルだ。

また、四国のあちらこちらで自動車専用道路の建設が進んでいた。巨大なコンクリートの塊は遍路道の景観をぶち壊し、遍路道そのものが追いやられているような場所もあった。

四国遍路を世界遺産登録しようという気運が昨今高まっている。本来の趣旨は遍路道の景観や周辺の人々の生活、或いは遍路宿やお接待などのいわばお遍路文化全体を将来に引き継いでいこうというもののはずだ。

今や日本人を上回る数の外国人の歩き遍路。彼らにその魅力を尋ねると、決まって四国遍路の自然の豊かさと〝お接待〟の人情を言う。観光地化されていないので遍路道は混んでおらず、治安も良く、素の文化に触れられるというのだ。サンティアゴ巡礼道が世界遺産になり観光地化したことで失ったものを求めて、遥々四国まで来ているという現実を重く受け止めるべきだろう。

二時前、ずぶ濡れで「民宿久百々《くもも》」に到着した。「雨で大変だったねぇ」人柄が温かいと人気の宿のおかあさんが笑顔で迎えてくださった。

幸運にも私の部屋は海側だった。夕食の席でマラソンの女性、逆打ちの七十代のご夫婦、七十代とおぼしき男性のお遍路さんと一緒になった。逆打ちのこと、マラソンのこと、別格霊場のことと話題は次々に変わり賑やかな夕食だ。ただ男性のお遍路さんだけはテレビを観ていて話の輪に入らない。眉間に皺を寄せ、気難しそうだ。人と関りを持ちたくないのだろうと、こちらも距離をとる。

「あちらの方はもう十回目だそうですよ。お話聞きたいけど、テレビ観てらっしゃるから」マラソンの彼女が例の調子で屈託なく言った。すると男性が彼女を見た。「ね、もう十回も歩いてらっしゃるんですよね？」。男性は耳に手を当てて「え？」と聞き返した。「ベテランなんですねぇ」夫婦が言うと、顔の前で手を小さく振り、「そんなもんじゃないですよ」と困ったように笑った。一変してとても柔和な表情だ。

男性は横川さんとおっしゃった。三十年間かけて区切りで十回巡拝し、別格霊場も二度歩いて詣でたそうだ。別格のことを教えていただけないかとお願いすると、後で地図を見ながら話しましょう、と快く言ってくださった。

横川さんは耳が少し不自由で、テレビや音楽が流れていたりすると人の会話は聴こえないという。宿のおかあさんは常連の横川さんの耳のことをわかっているので、テレビが聴こえるようにあえて音量を上げていたのだろう。それが仇となって会話に入ることができなかったのだ。

夕食後、横川さんの部屋で地図を拡げた。私が質問するたびに眼鏡を外しては地図に顔を近づけ、確認しながら真摯に応えて下さる。こんなに親切な方を、人と関りを持ちたくないのだと一方的に思い込んでいたことを深く反省した。

翌朝まだ暗いうちに目を覚ますと、満天の星空がひろがっていた。水平線ぎりぎりに北斗七星が瞬き、明けの明星が燦然と光を放っている。室戸以来十五日ぶりに見る金星だ。

まだそこにいたのか……。吸いこまれるように窓辺に寄った。金星は今日も音がするほどぎらぎらと輝いている。空海は星の音を聴いたに違いない。そう思ったとき、星がひとつ尾を引いて海の彼方へと流れた。我に返ると朝焼けがはじまっていた。

再会

今日はいよいよ足摺岬だ。ここで遍路の約半分になる。私は足摺を「打ち戻す」。つまり、今夜は足摺の宿に泊まり、明日、岬の西側のルートを通って足摺を一周する形でまたこの宿に戻るのだ。横川さんも同様のようだ。「わからないことがあったら、また明日」横川さんはそう言うと宿を出た。

今日の道のりは25キロほど。歩きはじめてすぐに台湾人夫婦のお遍路さんと出くわした。やがてオーストラリアからの親子のお遍路さんと会った。二歳の娘を連れて歩いている。娘がむずかるとベビーカーに載せる。「だから人の何倍も時間がかかります」と若き両親は嬉しそうに話す。

今日は週末のせいか、いつもより多くのお遍路さんと会う。七十代半ばだという男性のお遍路さんは今回で七回目。来年はサンティアゴ巡礼をする予定で飛行機も予約したそうだ。本や資料を集めて読み込み、宿はもちろん観光名所や美味しいレストランも熟知していた。近頃では巡礼宿から巡礼宿へリュックを配達するサービスもあるそうだ。サンティアゴは随分様変わりしたと聞いたが、そこまで整備されているとは。

最近巡礼をしてきた人が、黛さんがいまサンティアゴへ行ったらがっかりしますよ、と言っていた意味がわかった。

男性は、私が巡礼経験者だとわかると矢継ぎ早に質問をしてきた。が、私が巡礼をしたのは二十四年前のこと。「その頃はどこも大部屋の三段ベッドで、シャワーはお湯が出ればラッキーという感じでした」。男性は私の話に声を上げて笑った。「お遍路はこれで卒業！　サンティアゴに入学だ！」そう言うと意気揚々と去っていった。

十時、休憩に立ち寄った以布利港でスーザンと再会した。会っていなかった二十日間ほどのことなど話に花を咲かせる。足摺岬の宿がスーザンと同じことがわかり、一緒に歩きだす。

「お母さんはお元気？　一人で大丈夫？」スーザンは母のことをいつも気にかけてくれる。昨夜電話をしたと言うと、寂しがっていたでしょう、とスーザン。「いいえ、〝一人を満喫している〟と言っていたわ」と言うと、「素晴らしい！　かくありたいわ」と絶賛してくれた。

岬の森を抜ける道は、木蔭が多く海風が心地よい。「海、鳥、花、虫、すべてがオランダと違う。その違いを日々楽しんでいるわ！」と終始笑顔だ。そして日本人の印象について話し出した。

「日本人の多くが未来のことを心配し過ぎている気がするの。今日の昼食のこと、先々の宿の予約のこと、老後のことと、心配ばかりしている。もっと〝いま〟を生きないと。この鳥の声！　こんなに素晴らしいのに、なぜみんな急いで歩くの？」

多くの日本人にとっては、札所つまり〝点〟が目的なのだ。なかには〝点〟が宿になっている人もいる。札所はもちろん大事だが、点と点の〝間〟にこそむしろ遍路の本質はある。

札所と札所の間の〝辺地《へじ》〟こそが〝遍路〟だ。遍満する仏の意思を感受するには、辺地の自然のなかを歩き回らなければならない。そう、鳥の声にも、花にも、星の瞬きにも、小さな蜘蛛にも、仏の意思や宇宙の真理が顕れているのに。多くの人がその〝サイン〟を見逃している。スーザンはそこがよくわかっているのだ。

スーザンはオランダの禅仲間のアレンジで、安芸市の禅寺を訪ね、二日間過ごした。ご住職は六十代後半、野宿で歩き遍路をした経験を持つ。「その夜は外に食事に連れて行ってくれたのだけれど、ご住職が大ジョッキに何杯もビールを飲むの。肉も食べるし」彼女が驚いていると、「何事もフレキシブルが大事」とご住職。

寺では朝のお勤めや座禅にも参加した。眺めの良いカフェで朝食をとると、二十七番神峯寺へ車で連れて行ってくれた。ご住職の行動は彼女の〝禅〟のイメージを一新したようだ。「それまで一度もバスや電車を使っていなかったので、ズルをしたようでとても複雑な気持ちだったわ。自分の足で歩くべきだと」。

翌日、神峯寺への山道を登り直そうと思ったが、住職の言葉が思い出された。〝何事もフレキシブルが大事〟。「絶対にこうしなければならないと無理をするのはある意味で〝エゴ〟だということに気づいたの」。そして憚ることなく次の札所を目指して歩きだしたという。

窪津の漁港でリュックを置き、それぞれの宿で作ってもらった弁当をひろげた。私は切幡寺から藤井寺近くの宿まで車で送ってもらった話をした。「普段の生活でもそうなのだけれど、頑張りすぎてしまうのね。身体はやめてと言っているのに」スーザンが何度も頷く。「私も全く同じだわ。マスト！　マスト！　マスト！って。でももっと身体の声に従わないとね。私たちのような〝頭人間〟は」二人で爆笑した。

「でも変えるのは難しいのよね」と私が言うと、「無理に変えなくてもいいのでは？　そんな自分を客観的に見ていることが大事ではないかしら。するといつか変わっていくと思うわ」と彼女。「あと、ジャッジしないことが大事ね」私の言葉に、「その通り！」と間髪入れずに答えた。私たちは姉妹のように性格も考え方も似ていた。

スーザンが港を指さした。「見て、あの漁師さんたちを！」数人の漁師がリフトで網を巻き上げていた。「毎日身体を使って、海という大自然から魚を獲って、網を干して……頭より先に身体が動いているんだわ」「そう瞬間的に判断しているのね。身体が覚えているのよ。過去の経験から」私が言うと、「それに比べて都会人は頭しか使っていないものね」と溜息交じりに答えた。

窪津から後の車道は日向が続いた。私がパレスチナとイスラエルの戦争の話を持ち出すと彼女は驚いたようだった。ずっと報道に接していなかったのだ。「男女の違いを感じるわ。男は自分と敵対するものを許さないけれど、女はやり過ごす。そして自分の道を行くでしょう。それが大きな意味で戦争を避けることに繋がるのではないかしら」。

ウクライナとロシア、パレスチナとイスラエル、シリア、アフガニスタン、スーダン、ミャンマー……紛争や内戦でこの瞬間にも命を落としている人がたくさんいるのに、と言いかけると、彼女が言う。「私たちはこんなに暢気に遍路をしていていいのかしら?」しばし無言で歩く。
やがて彼女は言った。「歩きましょう! 今はこの道を歩き続けることしかないと思う」。

波音のしきりに囃す帰燕かな　まどか

12　歩き、無になり、仏性を感じる

「ただの極道や……」

三十八番金剛福寺《こんごうふくじ》に到着した。三十七番岩本寺から86・5キロ、札所間の距離では最も長い。スーザンと共に読経する。驚いたことに彼女は般若心経を諳んじていた。オランダの禅クラスでは、瞑想の前に般若心経を唱えるのだそうだ。

四時、二人で民宿に到着。今朝会った台湾人の夫婦とオーストラリア人の親子も同じ宿だった。

私たちの他にもう一人、埼玉から来ている車のお遍路さんがいた。なんと八十四周目という。スタンプで真っ赤になった納経帳を開いて見せた。「わあ、すごい！」みんな目を丸くしている。車だと一週間あまりで一周できるという。彼の納め札は五十回以上回った証である「金」色だ。

百回以上になると「錦」の納め札に変わる。あと十数回で錦になる。「それが何か？」

とスーザンが呟いたが、彼は英語を解さなかった。

その夜も私は眠れなかった。睡眠導入剤は飲むのだが寝つけない。一時間おきに目が覚め、薬を飲み足したが、結局四時過ぎには起きてしまった。お遍路に来てから毎晩こんな風だ。身体が疲れすぎているのか、意識せずとも翌日の道行が気になっているのか。まだ寝静まっている宿の洗面所で歯を磨いていると、目の前の鏡に小さな蜘蛛がいた。

明るくなって、食堂に下りて行くとスーザンがお茶を飲んでいた。彼女は就寝前と早朝に瞑想をする習慣がある。「おはよう！　よく眠れた？」と訊かれ私は首を横に振った。台湾人の女性が話に入ってきた。「私もそうなの。お遍路にきてから毎晩眠れません」。こんなに毎日歩いて疲れているはずなのに、なぜ眠れないのだろう。

バスに乗るオーストラリア人親子と台湾人夫妻が一足先に出た。玄関で靴を履いていたスーザンに、歯磨きをしたらすぐに追いかけるわ！　と伝え、一番最後に宿を出た。

歩いているとまだまだ暑いが、それでも時折落葉が舞い、金木犀の香りが漂ってくる。左手に海を見ながら足摺岬の西側を行く。船が白い航跡をまっすぐに曳いて沖を過る。私はこの遍路でどんな航跡を描いているだろうか。大浜の集落を過ぎ、ジョン万次郎生誕地の中浜で休憩をする。

ベンチに座っていたおばあさん二人が声を掛けてきた。「どこまで行くの?」「久百々です」「久百々ってどこ?」と尋ねたおばあさんにもう一人が言った。「中村の方じゃなかろうか」二人は呆気にとられた顔をした。「中村まで歩いて行くんか?」。

昼過ぎ、国道321号沿いのコンビニでようやくスーザンに追いつき、共に歩きはじめた。「眠れないというあなたの言葉がずっと気になっていたの」彼女は寝る前の瞑想を勧めた。「身体は確実に疲れていて眠りたいはずよ。身体の声を聞いてあげて。毎晩薬を飲むのは声を聞いていないのと同じだと思うの」。昨日窪津の港でいかに「身体性」が重要かと語り合った。認識していながらも、実際は身体をないがしろにしているのだ。「きっと考え過ぎなのよ」とスーザン。

大岐の浜の渚を歩き、海を見ながら宿でつくってもらったお弁当を食べる。おにぎりを包む巾着は、宿のおばあちゃんが古い着物を使って縫ったものだ。「なんて素敵なプレゼントかしら。私は母を亡くしたけれど、四国で毎日〝母〟に会っているわ」スーザンが巾着を見つめて言った。

「民宿久百々」に帰ると、浴衣に着替えた横川さんが食堂に置かれた古い遍路地図を食い入るように見ていた。そして夕食の時に、別格七番出石寺の登り方を教えてくださった。「気になったんで古い地図で調べたら、もともとの遍路道が出ていましたよ」。

明日足摺を歩く男性の二人連れが、横川さんにいろいろと質問している。「大岐の浜、その後の海岸の古道、この辺りは遍路の醍醐味です。昔のお遍路さんはこんなところを歩いていたんやと思ったら涙が出てくる……」。ＧＰＳマップを使わないどころかスマホを持ってすらいないという。

横川さんが遍路をはじめたのは三十年程前だ。「随分病気も治してもらったんよ」。最初は癌を患った義姉のために巡拝した。次は娘の夫。今回は難病を発病した姪のためだ。が、自分のことをお願いしたことは一度もない。家にいるときは趣味で仏像を彫るという。きっかけは阪神・淡路大震災に遭い、壊れた家具を修理したことだ。

「そこまで遍路に惹き付けられる理由はなんですか?」思い切って尋ねた。横川さんは顔をくしゃくしゃにし、少し困ったような笑顔を見せた。「私は遍路をしている時にはこの世を歩いていないんです」。〝無〟の世界を歩くために来ている。だから絶対に一人で歩く。どんなに荒れていようが古道を歩く。遍路で死んでもいいと思っている。「ただの極道や……。だってそうでしょう。札所と札所の距離の一番長いところも、公共交通機関を使えば三千円程。それを三日も四日もかけて歩くんやから」そう言って頭を掻いた。札の色も回数も関係ない。〝お四国病〟でもない。ただ〝無〟を味わいに来る。

外国人も遍路にやってくる昨今、遍路は理由も目的もさまざまだ。歩き方もさまざまで、どれが正しいというものはない。

しかし、私は横川さんに遍路の本質を見る。この地に降り積もる遍路たちの悲しみを背負い、歩く。叢を掻き分け、波をかぶり、時にいにしえの遍路たちと語らいながら、時に〝無〟になりながら、歩く。無になり、出会うもの触れるものに〝仏性〟を感じ、語りかけてくる声なき声を聞きとめる横川さんだ。

夜は風にもてあそばれて遍路笠　黛　執

善根

白み初めた夜明けの空に、金星が少しも衰えることなく挑むように煌めいている。静まり返った部屋のなかで自分の心臓の音だけが響く。やがて星の瞬きと胸の鼓動がぴたりと重なった。

再び室戸の空海を思う。「谷響を惜しまず、明星来影す」(『三教指帰』巻の上・序)。宇宙は行を修めた空海へ、啐啄同時《そったくどうじ》のごとくに太白を放ったのだ。

それぞれの発心を抱えて今日も遍路はそれぞれに旅立っていく。「はい、おにぎり」お接待のお弁当をおかあさんが笑顔で手渡してくれる。いつものバナナとお菓子も入っている。途中にお弁当を食べる休憩所はあるかと尋ねると、おかあさんは一瞬間を置いて笑った。「なかったら道端で食べればええ!」。

海岸線の国道の歩道を、二人組の男性が向こうから大きな袋を片手にやってくる。ゴミ拾いをしているのだ。「ありがとうございます」と言うと、「気をつけて!」と返してくれた。

休憩に立ち寄った三原村の集会所では、女性が車でやってきてトイレを丁寧に掃除していた。「お手洗いを使わせていただきました。助かりました」と礼を言うと、「頑張ってくださいね」と励ましてくれた。遍路宿も然りだが、地域の人たちの善意・善根に支えられて遍路は維持されている。

ちょうど四時に宿に到着する。六年前と同じ農家民宿だ。三原村はどぶろくで有名だが、今は新米を使ったどぶろく造りで忙しい。かつてはそれぞれの家で造っていたが、コロナ禍でやめた家もあり、今は共同で作業している。六年前と同じようにたった一人の宿泊客だ。

「コロナでいろんなことが変ったがですよ。私も年取って、身体がしんどうなりましたが、宿をやめたらお遍路さんが困るろうと思うて、がんばって続けゆうがです」。遍路早々に転んだ話や三連休で宿が取れず困った話など、ひとしきりおしゃべりをする。

離れになっている食堂で夕食となった。四万十川の鮎の塩焼き、三原村の舞茸のてんぷら、秋の筍、下ノ加江川の川エビの素揚げ、リュウキュウの酢の物、露草で色を付けた塩をのせた豆腐、家庭菜園の野菜サラダ、豚汁など、地元の食材をふんだんに使った手料理が一品一品出される。土鍋で炊いた三原米の新米は得も言われぬ美味しさだ。

「もうすぐ霜が降りるから、そしたらリュウキュウは終わりよ」。

私は父の遺影を目の前に置き、どぶろくを供えた。「お父様ですか?」料理を運んできたおかあさんが訊いた。三年前に他界したことを言うと、「それはそれは、六年の間にいろいろなことがあったがですね……」と前掛けで涙をぬぐった。「拝見してもええですか?」と父の遺影を手に取った。「なんと、優しいお顔をされちょる」。私は涙をこらえることが出来なかった。

「お父様は一緒に歩いちょられます。転んだ時も守ってくれたがですよ」

食事を終え、外に出た時はまだ暮れ切っていなかった。「今夜は星がきれいよ」と空を見上げておかあさん。父の遺影を抱いて私は部屋へ戻った。

翌日は支払いを忘れて宿を出てしまい、歩いている途中で気が付いて戻るというオマケが付いた。「どうした?」息を切らして戻ってきた私を見て、おかあさんが血相を変えて飛び出してきた。「お、お勘定!」と言うと、おかあさんは笑い出した。「私もすっかり忘れちょった。これで払わんで済んだら最高の宿やねぇ!」。

十月も半ばが過ぎたというのに、三十九番延光寺《えんこうじ》への道はまだみんみん蟬が鳴いている。途中で目にする空き家は背高泡立草の棲家と化していた。

延光寺の境内で休んでいるとスーザンが到着した。彼女も昨夜は三原村の農家民宿に泊まったそうだ。「おかあさんもおばあさんもとても親切で、まるで自分の家にいるようだったわ！」。境内でおにぎりを食べながら、互いの一日を報告し合っていると、若い日本人の男性が流暢な英語でスーザンに声を掛けてきた。地元に住んでいるがお遍路をしたことはないという。どうして地元の人は歩かないのかしら？　とスーザン。身近過ぎて関心がないのだろうか。

再び二人で歩きだす。彼女は間もなく一旦遍路を抜け広島を訪ねるという。「実は息子が軍隊に入ると言いだして……。偶然にも私が広島を訪れる日と入隊の日が重なったの」スーザンが切り出した。「なんて偶然かしら」と私が言うと、彼女は溜息をついた。「私も夫も反対なのだけれど、ひとまずは本人の意思を尊重しようと」。蟬しぐれの中を言葉なく歩く。

しばらくして向こうから逆打ちの男性お遍路さんがやってきた。七度目のベテランで、松尾峠の登り方を英語で教えてくれた。私が別格霊場も巡拝していると言うと「この後良いお寺が続きますよ。六番龍光院、七番出石寺あたりは好きだなぁ」と目を細めた。そしてお接待だと言って飴を分けてくれた。「急に日本人が英語をしゃべり出したわね！」と茶目っ気たっぷりにスーザン。

その後ろから十日ほど前に須崎で一緒になったデンマーク人女性が歩いてきた。三原村ではなく月山コースを歩き、これから延光寺を打つのだそうだ。その後ろからアメリカ人カップルがやってきた。やはり同じコースだ。「急に遍路が混んできたわね！」とスーザン。翌日の松尾峠を一緒に越える約束をし、それぞれの宿へと別れた。

山門を出て秋風の遍路かな　　まどか

13　本道ではなく脇道を行くように

「修行の土佐」から「菩提の伊予」へ

翌朝待ち合わせ場所のコンビニ前でスーザンと合流し、松尾峠を越えて四十番観自在《かんじざい》寺《じ》を目指す。松尾峠は土佐と伊予の境にあり、古来より往還道として栄えた。急斜面で私が息を切らしていると、スーザンが振り返った。「ゆっくり楽しみながら行きましょう。リッチーのように！」。

彼女は焼山寺への山道で何度も彼に会ったそうだ。滝のように汗をかき、度々大きな身体をベンチや道端に横たえて休んでいたという。二人は焼山寺の山門前で再会する。「ようやく着いたと思ったら、また石段が現れたでしょう。思わず愚痴をこぼしたら、彼は何と言ったと思う？　ああ、僕は階段が大好きだ！　と言ったのよ。見習いたいと思ったの」。

俄かにリッチーのあの無垢な笑顔が思い出された。たった二、三日の縁だったが、彼は遍路仲間に尊いものを残して去っていった。それを受けとめたスーザンの感受性もまた素晴らしい。

　話をしながら峠道を登っていくと突如ユンボが現れた。驚いて立ち止まった私たちに、「お邪魔してすみませんね」と作業員。ここ数年の豪雨で古い石畳が崩れてしまい、改修工事をしているそうだ。「歴史を大事にしているのね」スーザンが感心して工事現場の写真を撮っている。

　宿毛湾を一望する峠には昭和初期まで茶屋があり、行き交う人が一息ついた。私たちもベンチに腰を下ろし休憩を取る。「間もなく愛媛県に入るのね。なんだか終わりが近づいているようで寂しいわ」とスーザン。私も同じだ。前回もそうだった。足摺岬までは長く感じるが、そこを過ぎると急に残りの日々を惜しむようになる。

「発心の阿波」「修行の土佐」を経て、「菩提の伊予」に入った。山を下り車道に合流する。道幅が広くなり、並んで歩きながらスーザンに言った。「あなたが広島へ行く日と、息子さんの入隊の日が偶然重なったと言ったでしょう？　私もなんて偶然なの！　と言ったけれど、偶然ではないと思うの」。スーザンははたと足を止めて私の目を見た。

「そう、偶然ではない！　絶対に何か意味がある。だから広島で見たものをすべて息子に伝えないといけないと思っているの」「ぜひそうしてちょうだい」「入隊するのは〝平和〟のためだと息子は主張するのだけれど、わかっていないのよ」「そうね。いくら平和を志していても、ひとたび戦争が始まったら彼は人を殺さなくてはならないのよ。それが仕事なのだから」。スーザンは深刻な面差しで「YES」と言った。

その時、一台の軽トラックが止まった。「お遍路さん、これ食べて」高齢の男性がお菓子を窓から差し出した。なんでも男性の祖母が明治時代にお遍路をした時、お接待で米などをもらいながら歩き継いだそうだ。だからお遍路さんを見たら助けなくてはいけないと言われて育った。「もしも困ったことがあったら遠慮なく電話しんさいよ」そう言って名刺をくれた。裏側を見ると、「自衛隊父兄会顧問」とあった。「これも偶然じゃないわね」私が言うと、「もちろん」とスーザン。

松尾峠の上りがきつかったことはよく覚えているのだが、下った後の車道がこんなに長かったという記憶がない。「人の記憶って当てにならないわね。一度目の記憶とかなり違っているの。勝手に遍路を編集してしまっている」「記憶とは、自分で創造したストーリーに過ぎないということね。素晴らしい！　あなたは二度目だけれど、初めての道を歩いていることになるわ！」。

四時、萩が咲き乱れる観自在寺に到着した。前回はユリウスと松尾峠を越えた後共にこの寺を打ち、腹を割ってさまざまな話をした。しかしそんなことなど何もなかったように、境内はあっけらかんとしていた。私にとって揺るぎない実体だった前回の遍路が、いまや蜃気楼のようになっている。確たる実体であるこの遍路も、いつか蜃気楼のようになるのだろう。これが「空」ということか。

しかし、うたかたの実体であっても、自分のなかでは一つ一つが積み上がっていて、それが〝縁〟となり〝因〟としての今を作っている。それだけは確かだ。

スーザンと私の宿は、今日も明日も別だ。「もしかしたら、今日あなたとお別れをしないといけないのかしら?」とスーザン。私が仕事のため、三日後に一旦四国を離れるからだ。明日の宿を私と同じ宿に変更しないかと提案した。料理の美味しい遍路宿だ。彼女は即座に賛成した。その場で宿に電話をかけると、幸運にも部屋は空いていた。

露の野をゆく巡礼の白づくめ　　黛　執

宿のおかあさん

翌朝は、私の宿の前で待ち合わせた。宿のおかあさんがスーザンの分もみかんを用意し、玄関先で見送ってくれた。「民宿のおかあさんたちが毎日とても温かく接してくれるの。母が私にしてくれなかったことを遍路で日々体験しているわ」スーザンの父は若くして亡くなった。ショックで母は鬱を発症して長く患い、母親らしいことはしてもらえなかったと言う。「遍路が終わった時、あなたの中で〝お母さん〟は完成しているわね」。ふっと彼女の表情が和らいだ。「ありがとう」。

高知から愛媛に入ると海が急に穏やかになるのだと私が言うと、スーザンは「人も違う？」と訊く。四国四県は言葉も違えば気質も違う。自然が文化をつくるのだと言うと、彼女は愛媛を歩くのがますます楽しみになったと目を輝かせた。

今更だが彼女に四国遍路に来た理由を訊いた。前年義弟がサンティアゴ巡礼をしたことがきっかけで自分も歩く旅がしたくなった。しかし観光地化され過ぎたサンティアゴには興味がわかず、他の巡礼道を探していたら四国遍路に出会ったのだそうだ。

「巡礼でリュックのデリバリーサービスなんて馬鹿げている」とスーザン。私が二十四年前のサンティアゴ巡礼の話をすると、彼女は言った。「その時代ならば間違いなくサンティアゴへ行っていたわ！　でもヨーロッパ人の私にとっては、四国の方がもっとアドベンチャーだったわね」。

前回は旧津島町までは柏坂を歩いたので、今回は海辺のルートを選んだ。スーザンが外国のアプリを使って、国道ではなく静かな脇道を探してくれる。漁村に入ると家の佇まいも違い、暮らしぶりが見えて興味深い。

「亡くなった父がいつも言っていたわ。本道ではなく脇道を行くようにって」「さすが俳人、示唆に富んだ言葉ね」。本道を逸れると途端に静かになり、話が弾む。こうやって彼女とどれほど話をしただろう。しかしそれも明日で終わる。

移動販売車に行き合い、地元のお年寄りと一緒になって買い物をする。「すごい！お惣菜から、果物、野菜、肉、トイレットペーパーまで売っている！」。海の見える四阿でそれぞれに買ったものを分け合い、昼食となった。「今日も素晴らしい一日だったわ」とスーザン。「でも本当は山道を歩きたかったでしょう？」「う～ん、でももし山道を行っていたら、あの移動販売車には出会えなかった。物事にはかならず良い面と悪い面の両面があるものね」。

海岸線の車道はやがて柏坂から下りてきた道と交わり、細い川に沿って旧道を行く。

六年前ユリウスと共に山道を下りてきて、休憩した商店は廃業していた。この旧道沿いにはもう一軒立ち寄りたい場所がある。急に強まった風雨の中をユリウスと歩いていると、おばあさんに呼び止められた。「今夜泊まるところはあるの？　決まっていないのなら、泊まっていきんさい」地域のお年寄りで運営している善根宿だ。

ユリウスやオランダ人青年が泊めてもらうことになった。４キロ先の宿を予約してあった私は、彼らと共にお茶をご馳走になった後、急いで出発しようとした。すると、嵐の夜に女性一人で歩いては危険だと引き留められた。完歩を目指していた私は固辞したが、「年寄りの言うことは聞きんさい」と諭され、結局車で送っていただいた。

シャワーもあり、朝食も無料で提供してくれる温かい善根宿だ。が、ここも閉まっていた。六年の間にこんなにも多くのものが失われるのか。話を聞いたスーザンは「なんてこと」と嘆いた。当時を再現するかのように突然風雨が強まってきた。慌てて二人で雨具を羽織り、前回歩かなかった４キロを歩いて宿に入った。

この日の宿泊客はほとんどが素泊まりで、夕食はスーザンと二人だけだった。私たちは別れの晩餐にビールを注文した。父の遺影をテーブルの上に置き、ビールを供えた。明日は十月二十一日、父の祥月命日だ。

私は別格六番龍光院を打ち、宇和島駅から一旦帰途につく。スーザンは別格は打っていないので、途中で別れることになる。龍光院がどのようなお寺か下調べはしていない。〝許らい〟があると確信していたからだ。

「明日のことなんだけれど……」スーザンが切り出した。「予定を変更して、あなたと一緒に別格を打とうと思うの。あなたのお父さんの供養を共にしたいのよ」。その後宇和島駅の近くで二人でランチをし、電車で宿まで移動するというのだ。「ずっと歩いてきたのに、電車に乗っていいの?」と訊くと、「それ以上に大事な用事があるんだもの。明日は〝フレキシブル・デー〟よ」。

鬼の子に風収まりし夕日かな　　まどか

14 「答えのない問い」を問い続ける

祥月命日

遍路に来てから一番涼しい爽やかな朝になった。

動かざる山に囲まれ秋水忌　　まどか

「秋水忌」は父（黛執）の忌日で、〝水の執〟と称されるほど水の名句を詠んだことに因む。〝晴れ男〟だった父の祥月命日にふさわしい雲一つない青空だ。「歩くには最高の日和。お父さんからのギフトね」とスーザン。〝二十一日〟が空海の縁日でもあることを告げると、知らなかったと感慨深げだ。

玄関先で宿のおかあさんが言った。「龍光院さんに寄りますか？　あのお寺は檀家さんが毎朝お掃除していて、きれいでとても良いお寺ですよ」。出会う人が口々に良い寺だと言うのが嬉しい。
「境内に〝バショウ〟という俳人の句碑があるらしいの」スーザンの禅仲間に〝バショウ〟という禅ネームを持つ人がいて、句碑の写真を撮って来てほしいと頼まれたそうだ。父の祥月命日を供養する寺に、芭蕉の句碑があるとは……。いったいどの俳句なのだろう。

宿を出て間もなく峠道に入った。前を行くスーザンが振り返った。「あなたが若く見えるのはやりたいことがいっぱいあるからね。それが無くなったとき、人は老いるのだと気づいたわ」。

意識していなかったが、私は夢を語ってきたのだろう。気が付けば何でも話せる間柄になっていた。が、彼女との同行二人もあと数時間で終わる。一歩一歩、一秒一秒を噛みしめる。

「この休憩所は私たちが心を込めて清掃しています」四阿に貼り紙があった。地元城東中学校の生徒たちが定期的に掃除をしてくれているのだ。このようにして〝お接待〟の心は育まれ、引き継がれていくのだろう。「二人の名前にしたわ」スーザンが寄せ書きのノートに感謝のメッセージを書いた。

一旦国道に出てからも彼女のアプリを使い交通量の少ない道を探して歩いた。「どこかで金木犀が咲いている」私が呟くと、「匂いでわかるのね?」とスーザン。200メートル程先の角を曲がると大きな金木犀の木があった。「明日からこの花を見る度にあなたを思い出すわ」。

再び国道に出ると渋滞になっていた。「頑張って!」「気を付けて!」車の人が次々と窓を開けて手を振ってくれる。その度に手を振り返す。「スターになった気分よ」と彼女が笑う。

十時を過ぎて気温が上がってきたので、コンビニを見つけて飛び込んだ。スーザンは日本に来て大好物になったアイスコーヒーを嬉しそうに注文している。「まどかはホットだったわね」。私はコーヒーに合いそうな栗の洋菓子を二つ買った。「オランダではこういうお店は決して利用しないけれど、四国では大好きよ!」スーザンはとろけそうな顔をした。

外を眺めながらコーヒーを飲んでいると、一人の青年が大きなリュックを背負って呆然としていた。笑顔で大きく手を振るスーザンを見て、コンビニに入ってきた。「いつか会いましたよね?」と青年。「ええ、何回か会ってるわ。どうしたの? 何か困りごとでも？」彼女が訊くと、大事なものを失くしたと答えた。

「たぶん四阿に忘れたんです。10キロ以上歩いて戻らなければなりません」「バスを使ったら？」「……」「ヒッチハイクするとか。とにかくこの暑さの中を往復するのは無茶よ」「……」。いろいろ提案したが、彼はどうしても歩いて戻ると言い張った。「せめてリュックだけでも置いていったら？」コンビニの店員にリュックを預かってもらえないか交渉すると、快く承知してくれた。

来た道を戻っていく彼の後ろ姿を見てスーザンが言った。「たぶん軽い障害があると思うの。……立派だわ。障害のある人が遍路をするのはとても大変だと思うから」。

かつて遍路は不治の病を抱えた人や罪を犯して故郷へ帰れない人などが生きる場でもあった。生涯を歩き続け、遍路で生活をした。ゆえに職業遍路、草遍路などと呼ばれる。彼らは托鉢やお接待で得る僅かな金銭や飲食物で食べ繋いだ。

前回の遍路では何人かの草遍路に出会い、話を聞いた。病気で仕事を失った人や震災で家も家族もなくした人など、理由は様々だ。明らかに精神を病んでいる人もいた。共通していたのは、社会生活に生きづらさを感じていた人たちだったことだ。草遍路、職業遍路は昔は「辺土」と呼ばれ、蔑まれも畏れられもした。四国の聖地を巡り続けた彼らこそ、サン・テーレと呼ぶにふさわしい。

「もしかしたら、彼は遍路の方が生きやすいのかもしれない」と言うと、「人との関わりにあまり気を使わなくて済むものね」とスーザン。

二つの時計を持つ人生

宇和島市内の小高い丘に建つ龍光院に到着したのは、午後の一時を過ぎていた。聞いていた通り、掃除が行き届き明るく清浄感溢れるお寺だ。階段を上り切ると正面に本堂が建っていた。境内からはパノラマの景色を見渡すことができ、南西に宇和島城を望む。

燈明をともして線香を供え、父の遺影と念珠を取り出す。「一緒にお経を上げましょう」とスーザンが言ってくれた。「仏説《ぶっせつ》摩《ま》訶《か》般若《はんにゃ》波《は》羅《ら》蜜多《みった》心経《しんぎょう》……」彼女の澄んだ声が秋空に上がっていく。父がここにいたらどんなに感激しただろう。涙で声が詰まった私の代わりに、スーザンが最後まで美しい声で誦経してくれた。

「バショウの句碑ってこれかしら?」スーザンに呼ばれて行ってみると、梅の木の前に古い石碑があった。「父」という一字が目に飛び込んできた。あまりの驚きで声にならない。その他の文字は摩耗していてすぐには読めなかった。

父母のしきりに恋し雉の声　松尾芭蕉

この句だったか……。高野山に泊まった芭蕉が、雉の声を聞いて故郷の父母を偲び詠んだ句だ。芭蕉は高野山を訪れる前の月に故郷伊賀上野に帰り、父の三十三回忌の法要に出た。母は五年前に他界。この句は、行基の歌「山鳥のほろほろと鳴く声聞けば父かとぞ思ふ母かとぞ思ふ」を本歌取りしている。涙がとめどもなく流れた。時代を超えて父母への思慕に変わりはない。

納経所へ行くと、桜の木でつくった腕輪の念珠が売られていた。桜の木を見るたびにスーザンが桜の咲く頃に日本を再訪したいと言っていたのを思い出し、私の分と二つ求めた。

宇和島駅前の喫茶店で簡単なランチをとり、念珠をプレゼントする。「これからの遍路を守ってくれますように。そして桜の咲く頃に日本に戻って来られますように」。スーザンはすぐに手首にはめ、何度も感謝の言葉を述べた。私も念珠を手首に付けた。

彼女と歩いた数日間はこの遍路の掛け替えのない宝だ。彼女の柔軟な発想や禅的なものの見方が、私の遍路をより深くより豊かなものにしてくれた。そして今日という時間を捻出してくれたことも、すべてが〝有難し〟だ。

宇和島駅の改札で彼女を見送る。「信じられないわ。明日はお遍路さんではなくなっているなんて」と呟くと、スーザンは「四国を離れてもあなたは巡礼者よ」と言って私を抱きしめた。そしていつものように笑顔で手を振り、電車に乗っていった。

ホテルにチェックインし、部屋に入ってテレビのスイッチを入れると、外国映画を放送していた。タイトルは「フラッグ・デイ　父を想う日」だった。窓の外では宇和島の町が夕日に染まっていた。宇和島城の上に半月に近い夕月が上がっている。夕映えの町を見つめるうちに、いつしか父が亡くなった日のことをなぞっていた。

当時私はレギュラーのテレビ番組を持っていて、番組の俳句の締め切りが迫っていた。父の容態が良くないことはわかっていたので、早く俳句を提出してしまいたかった。最期のときを父の傍で過ごすために。

「できた！」そう声を上げて、父のベッドのところへ行くと、父の呼吸が死期が近いことを示す下顎呼吸に変わっていた。慌てて妹を起こし、訪問看護師や医師に連絡をした。私は父に必死で呼びかけ感謝の言葉を伝えた。美味しい手料理をたくさん作ってくれたこと、数えきれないほど送り迎えをしてくれたこと、俳句や文章の書き方を教えてくれたこと、こんなに愛してくれたこと……。

それから五分も経たないうちに父は息を引き取った。

「きっとお姉ちゃんの俳句ができるのを待っててくれていたんだよ」と妹は言ってくれた。が、なぜあの時間傍に付いていてやらなかったのかずっと自分を責めている。幼かった頃、私が眠りにつくまで抱きながら子守歌を歌ってくれたように、父の傍にいて手や顔をさすってやりたかった。なぜ私は俳句など作っていたのだろう。

父は呼吸困難に陥った最期の二日間でさえ、誰彼になく感謝の言葉を述べた。「ありがとうね」……その父の態度こそ、〝有難し〟だったと今にして思う。

前を向きましょう。いつまでも悲しんでいるとお父様が心配しますよ。そんなありきたりの慰めに私は憤り、傷ついた。悲しみの乗り越え方は人それぞれだ。悲しみととことん向き合うことが私の父への愛の示し方だ。

その夜、父の夢を見た。既に癌を宣告されているのだが、元気そうで外へ出かけるところだった。もしかしてこのまま治ってしまうのでは？　そう思ったところで目が覚めた。そんなことをあの頃何度夢想したことだろう。

翌朝出立の支度をしていると、テレビのトーク番組に僧侶が出演していた。聞き手のアナウンサーを相手に死期が迫った人の話をしている。そのうちに話題は僧侶自身のことに及んだ。彼は数年前に父を亡くしていた。その年のカレンダーを捨てられず、そのままずっと壁にかけてあると言う。「止まってしまった時計と生きていく時計。二つの時計を持つ人生がはじまったのです」。

私もあの日以来二つの時計を持つ人生がはじまった。母を支え、社会的役割を果たすために〝生きていく時計〟。その時計は生まれてこのかた時を刻み続けている。学校で授業を受けているときも、家族で食卓を囲むときも、仕事で人と会っているときも、恋をしているときも、散歩をしているときも、片時も止まることのない時計だ。父の葬儀の間でさえも時を刻んでいた。何事もなかったかのように。

他方、〝止まってしまった時計〟がある。令和二年十月二十一日午前一時三十七分……止まった時間の上に、あたかも父が生きているかのような時間を刻むことがある。父の腕時計のゼンマイを巻き、仏壇に供えた歳時記を季節ごとに替え、語りかける。もし父が生きていたら、とパラレルな世界を描く。

と、生きていた頃には気づかなかった父の苦悩や強さ、人としての深さが見えてくる。亡き人との〝出会い直し〟と僧侶は言う。そうだ、父が亡くなってから、それまで知らなかった父と何度も出会っている。この遍路でも。「答えを出すのではなく、答えのない問いに向かい続ける胆力を養うことが大事なのです」。答えのない問いを自らに問い続け、胆力を養うために、歩く。

落葉踏む音も同行二人かな　　まどか

15 「辛い」は観念、「痛い」は身体性

祈り

先約の仕事があり、十日間ほど遍路を離れた後、再び四国に戻った。

このブランクで脚が休まったのか逆に衰えたのか、歩いてみないとわからない。「お帰りなさい。お遍路さん」スーザンからメールが届いた。彼女は遥か前にいるが、共に歩いているという感覚がある。

十日間ですっかり紅葉が進んでいる。宇和島市（旧三間町）にある四十一番龍光寺《りゅうこうじ》は既に線香の煙が上がり、数人のお遍路さんが参拝していた。米の産地として名高い三間町だが、コスモスで地域おこしをしているようで、広大なコスモス畑がひろがっていた。

四十二番仏木寺《ぶつもくじ》は境内に家畜堂があり、家畜の安全が祈願されてきた。前回はここで白衣を着せられた犬のお遍路さんに会い、不思議な偶然を感じたものだ。

大きな楠の下で、大学生がノートを手にお遍路さんたちにアンケートを取っている。

遍路をテーマに卒論を書くのだそうだ。先を急いでいたが、これも〝恩送り〟のうちだと思い応じた。いくつかの質問に答えた最後に一言添えた。「卒論を書き上げる前に必ず歩いてくださいね。実際に歩かないと遍路のことはわからないので」。彼女は「はい。最低でも愛媛県だけは歩こうと考えています」と答えた。

楠の下のベンチには、アンケートを終えた四十代の野宿のお遍路さんが休んでいた。おしゃれで都会的な男性だ。スマホは持ってきてはいるが、電源は切っている。「テレビもスマホもないでしょう。夜テントの中に一人でいると寂しいんですよ。これほど孤独に向き合ったことはありません」昨夜は猪にテントを囲まれて怖かったと言う。それでも遍路を続けるのにはやはり何か理由があるのだろう。

通しの歩き遍路をするには三つの条件を満たすことが必要だと言われる。健康なこと、経済的に余裕があること、環境が整っていること。だから最高の贅沢だと。確かに昨今はそうかもしれない。しかし、昔の遍路は真逆だった。重病を抱えた人、障害のある人、経済的に困窮している人、故郷にはいられない人が遍路にきた。そして今も三つの条件が揃っていなくても通しで歩く人はいる。やむにやまれぬ理由があるのだ。

本堂には「ウクライナ危機　両国戦没者之霊」が祀られている。ハルキウから南へ避難しているウクライナの若き友人はどうしているだろう。彼女は戦禍の庶民の日常を俳句に詠み続け、世界へ発信している。この遍路に旅立つ直前に、ようやく彼女の句集を日本で出版することができたのだった。

同時にロシア人の若き友人のことも思った。彼女の兄には召集令状が届いていた。〝平和祈願〟というとあまりにも漠然としてしまうので、彼女たちの顔を思い浮かべて無事と幸せを祈ることにしている。

到着したばかりのフランス人女性と山門の脇でおしゃべりをしていたときだ。またしても犬のお遍路さんがやってきた。白衣を着せられた犬は尻尾を振りながら境内へと入っていった。

前回は通行止めで歩けなかった歯長峠を行く。豪雨の影響か激しい土砂崩れの跡があったが、梯子が架けられていた。草刈りや倒木の始末など、道の整備はほとんどがボランティアの手で行われている。こうやって日々歩かせてもらえることに感謝だ。

それにしても暑い。十一月に入ったというのに、四万十市では気温が30度近くまで上がったそうだ。全国百二十二地点で十一月の観測史上最高気温が更新され、記録的な暑さが続いている。明日歩く予定の大洲では山火事が発生した。汗だくで四十三番明石寺《めいせきじ》への道を急いでいるうちに、古傷の左膝が痛み出した。

西予市宇和町卯之町のビジネスホテルにチェックインすると、「西日本豪雨の折にはありがとうございました。主からの伝言です」と受付の女性。

二〇一八年七月の西日本豪雨でこの地域は甚大な被害が出た。西予市野村町ではダムの緊急放流で六百五十棟が浸水。死者も出た。泥まみれになった自宅を前にして呆然と立ち尽くすお年寄りの姿がテレビの画面に映った。お遍路でお世話になった数えきれないお年寄りの姿と重なった。

今こそ〝恩送り〟をするときだ。長靴やゴーグルなどを買い、すぐさま愛媛へと飛んだ。一週間このホテルに滞在し、泥掻きをしに野村町へ通った。嬉しかったのは、愛媛の窮状をSNSで発信すると、他のお遍路さんたちが次々とボランティアに駆けつけてくれたことだ。

ボランティア活動をしていたある日、野村から戻ってホテルに入ろうとしたとき、「黛さんではないですか?」と声を掛けられた。なんと前年に遍路の一日を共に歩き、拙著の監修をしてくださった愛媛大学の胡光教授だった。古文書のレスキューで被災地に入っていたのだ。「まさか、ここで再会するなんて!」驚く私に、「遍路とはそういう

〝場〟です」と胡先生。そこはまさに旧遍路道の真ん中だったのだ。

「洞窟の比喩」

お遍路の身に入《し》む音をこぼしゆく　　まどか

日々十一月の最高気温が更新されているというのに、卯之町の今朝の気温は9度。秋を通り越して一気に冬が来た。町には霧が立ち込めている。「冬は霧が多いんです。そのうち晴れてきますよ」と朝食会場のスタッフ。

古い町並が残る卯之町の旧道を行く。霧はなかなか晴れず、100メートル先も見えない。六年前の遍路では、この道で通学の自転車の中学生が次々と挨拶をしてすれ違っていった。あの光景ももう無くなってしまったのだろうか。つらつら考えながら歩いていると、元気のよい男子の掛け声が聞こえてきた。宇和中学校のグラウンドからだ。足を止めて目を凝らすと、野球部が朝練をしていた。霧の中のノックは幻想的で、映画の一場面を見ているかのようだ。

「おはようございます！」自転車に乗った生徒たちが霧の中から飛びだしてきた。笑顔の子、恥じらう子、大きな声の子、小さな声の子、会釈だけの子。なかには「頑張ってください！」とエールを送ってくれる子もいる。霧を除けば六年前と少しも変わらない光景だ。しかし同じように見える彼らはまったく違う子たちで、前回すれ違った子たちは間もなく二十歳を迎える。一瞬として留まっているものはない。

「色即是空、空即是色」……今すれ違っているこの子たちとの出会い、実体「色」はうたかたで、因縁によってもたらされた「空」に過ぎず、六年前のものはや形をもたない「空」となったあの出会いが、実体「色」ということなのか。振り返ると、自転車の子は次々と霧の中へと消えていった。

プラトンが「イデア論」を説くために使った有名な寓話「洞窟の比喩」がある。洞窟の中で一方向に固定されて繋がれた囚人は、背後の火によって壁に映し出される影を実在だと思い込んでいる。一人の囚人の拘束が解かれると、その囚人は、影は実在ではないと知る。さらに洞窟の外に出て太陽の存在を知ったとき、すべてのものを照らし成り立たせている太陽が世界の真実だと知る。しかしそれを洞窟の囚人に伝えても、かれらは影が実在だと思い込んでいる。

つまり自分が見ている世界、信じている世界がすべてであり実在であると認識する私たちは、洞窟の囚人のようなものだ。イデア（真実在）は知覚を超越した場所にあり、永遠の真理だとするプラトンの考えは、「色即是空」に通ずる。霧は前後を覆い隠して、私を〝いま、ここ〟に置いた。やがて七色の日暈を滲ませながら、朝日が霧の中から姿を現した。

時折国道にぶつかりながら縫うように旧道を歩く。明治三十一（一八九八）年に建立された中務茂兵衛の道標は、菅生山（大寶寺《だいほうじ》）を指さしている。国道を渡って鳥坂峠の麓までくると、バケツのようなものを吊り下げたヘリコプターが飛んでいる。大洲の山火事へ向かう自衛隊のヘリのようだ。

大水の痕だろうか、山道は大きくえぐれていた。前回の遍路のときにはこんな道ではなかったはずだ。ここ数年間に愛媛で起きた自然災害をあらためて思う。

峠を越えて道が下りになった途端に、左膝と靱帯の痛みがさらにひどくなった。足が地面につくたびに激痛が走り、まともに歩くことができない。後ろから来た女性が「大丈夫ですか？」と気遣ってくれる。ゆっくり行くので大丈夫です、とは言ったものの、このペースで歩いていたら山の中で日暮れてしまう。

鎮痛剤を飲むことにしてリュックを置いた。薬が効くまで三十分はかかるだろう。腰を下ろして休んでいると、「日本一周」という小さな幟《のぼり》をリュックに立てた青年がやってきた。挨拶をすると、「こんにちは！」と晴れやかな顔を見せた。

さきほどからヘリコプターが上空をしきりに行き交っている。大洲の山火事のことはここ数日テレビやネットで毎日のように報じられている。その真っ只中を歩いているのに、なぜか遠い世界のことのように感じられてならない。遍路は世の中のこととは無縁だ。ひたすら辺地、この世の淵を行く。

修行僧の言葉

大方のお遍路さんに先を越されて、森閑とした山の中で身体の声に耳を澄ます。行けるか？　もう少し休んだ方がよいか？　明日は難所の別格霊場七番出石寺を打つ予定だ。出石寺への山道の途中でこのような状態になってしまっては困る。脚と相談しながら行くしかない。

四十分程すると痛みがかなり引いてきた。サポーターを左膝に二重に付けて出発だ。大洲までは下りが続くが、なんとか行けそうだ。

国道沿いの休憩所で「日本一周」の青年と再会した。二十六歳。「本当は学生のときにやりたかったんですが、それじゃあ親のお金じゃないですか。それで就職してお金を貯めて来ました」。一年半かけて回ったらまた会社に戻る。

「野宿で楽しいことは？」「こうやって人と出会ってお話できることです」「じゃあ辛いことは？」「辛いことはないです」「でも荷物も重いし、脚も痛むでしょう？」「それはありますが、でもやりたいことをやらせてもらっていて辛いなんて言えないですよ」。

痛いの痒いの眠れないのと言っていた自分が恥ずかしくなった。

「この旅の経験を大事に後で生かしてくださいね。良い旅を続けてください」そう言って去ろうとした私に、彼は立ち上がって頭を下げた。「ありがとうございます。お気をつけて」。

彼の言葉に、永平寺の修行の日々を追ったドキュメンタリー番組を思い出した。零下8度の早朝に、裸足で座禅、お勤めをすること三時間。ようやく朝食となるが、一杯のお粥に沢庵と胡麻塩だけだ。若い修行僧にディレクターが尋ねる。「辛いことは？」。修行僧は少し考えてから答えた。「辛いということはないです。〝寒い〟とか〝痛い〟というのはありますが」。

〝辛い〟は観念だ。都会で頭ばかり使って生きていると、辛い、苦しい、心が折れるといった観念の言葉が増える。しかし修行僧のように日々身体を酷使していると、言葉も〝身体〟から繰り出される。禅の修行のような極限状態でなくても、自然を相手に身体を使って暮らしている農家の友人なども同じだ。「寒くなった」「今年は不作で悔しい」「腰が痛い」といったふうに一つ一つが具体的だ。言葉が身体からも大地からも離れていない。決して「生きることが辛い」というような漠然としたことは口にしない。骨は折れても、心は折れないのだ。もっと言えば、「寒くなった」にも、「腰が痛い」にも、生きる喜びがほのかに滲む。

お遍路のまぎれてゐたり秋祭　まどか

朝の卯之町は10度を切っていたが、十一時を過ぎると汗が滴り落ちるほど暑くなってきた。この日は全国三百二地点で、十一月として観測史上最も高い気温を記録したそうだ。間もなく立冬を迎えるというのに。

大洲市の旧市街は祭の最中だった。予定より早めに着いたので祭を覗いていくことにした。大洲市も西日本豪雨の折は肱川の氾濫により大被害を出した。五年前、松山から宇和町へ向かうバスから見た大洲の街はすべてが泥にまみれて茶色だったが、今はそんなことは微塵も感じられない。空き家を利用したおしゃれなカフェや店が増え、活性化が進んでいる。

昼食を食べる店を探していると、鳥坂峠で脚の具合を気遣ってくれた女性にばったり会った。「無事に歩けたんですね。心配していました」。金剛杖の鈴を鳴らしながら、彼女も祭の雰囲気を楽しんでいた。

16 〝いま、ここ〟から過去へ未来へ、遠い所へ

想念

翌朝、霧に覆われた大洲を出立した。肱川も大洲城も霧をまとい幻想的だ。一時間ほど歩くと標高812メートルの出石山《いずしさん》の登山口に到着。出石寺は山頂にある。車道に「出石寺へ22キロ」の標識を見る。遍路道はもっと短いだろうが、上りの20キロはきつい。

この一帯は瀬戸内海国立公園に属する名勝地だ。出石寺は佇まいの美しい寺だと出会った人がみな称えていた。萎えそうになる気持ちを鼓舞しながら登る。四、五十分歩くと、視界がひらけ大洲の街が見渡せた。つい先ほど霧の中で見上げた大洲城が、遥か足元にある。

車道から農道に入り、林道に入った。人の気配がなくなると急に心細くなり、肩紐に付けているホイッスルを鳴らした。山に入るときには、挨拶の意味を込めて動物への注

意喚起にホイッスルを数回吹くようにしている。もっとも今日もヘリコプターがバタバタと音を立てているので、その必要はなかったかもしれない。

登りはじめて三時間。しばらく道標も見ていない。この道でいいのだろうか……不安になりはじめたとき、男性のお遍路さんが下りてきた。「あと一時間半ほどで着きますよ」。その後ろから高齢の男性。「境内にうどん屋さんがありますよ。今なら間に合うから頑張って！」。さらにもう一人、四十代の男性。みな連休を使っての区切り打ちだ。

この時間にすでに下りているのは、日帰りで出石寺を打つからだ。脚に不安がある私は、宿坊に泊まる。コロナ禍で現在は食事の提供はないが、気象条件が揃えば早朝に雲海が見えるという。

遍路道は山に入ってもよく整備されていて歩きやすかった。道標やベンチの設置、草刈りなどを地元のボーイスカウトが行っているそうだ。ちょうど十二時に、山門で大きな大師像が迎えてくれた。境内の展望スペースからは大洲や保内の街、四国山地や石鎚山、佐田岬が一望できた。

団栗の降り尽くしたる山の晴　まどか

境内には燃えるような紅葉が一本、そして寺の縁起となっている鹿の銅像があった。千三百年前、猟師の作右衛門が一匹の鹿を追って山に分け入り、鹿を射ようとしたところ、突然暗雲が垂れ込めて全山が振動し鹿が消えてしまう。鹿の立っていた足下の岩は真二つに割れ、千手観世音菩薩像が姿を現したという。作右衛門は仏道に入り、道教と名乗って堂宇を建て、千手観世音菩薩を本尊としたのが出石寺の由来だ。平安期に入り、弘法大師が巡錫した折、ご本尊を石室に密閉して秘仏とした。その折に大師が座って護摩供を修法したとされる岩が残る。

本堂・大師堂を参拝し、納経を終えて境内の茶屋に入った。コロナ禍で二年程休業したそうだが、今は週末と縁日だけ開けている。「お泊りなら、運が良ければ朝、雲海が見えますよ！」と店主。

宿坊の宿泊客は私一人だった。建物は古いが、水回りはすべてリフォームされ、掃除が行き届いていて快適だ。若いご住職も働いている人たちもとても親切で良い〝気〟に満ちている。ポットに入れた熱い薬草茶やお菓子、みかんなどを部屋に用意してくれていた。

入浴を済ませ、持参した弁当を食べると長い夜が始まった。部屋にテレビはない。音といえば、時折誰かが廊下を歩く音くらいだ。下界からも情報からも隔たった山上でのひととき。文机に置いた遺影を見つめる。

人は一日に約七万回想念するというが、私の想念も留まることを知らない。今日出会ったお遍路さんのこと、昨日のこと、野村での泥掻きのこと、両親のこと、友人のこと、子供の頃のこと、仕事のこと、これから先の遍路ころがしのこと……〝いま、ここ〟からどんどん離れ、過去へ未来へ、遠い所へと妄想が旅をはじめる。

「はあっ」思わず漏れた溜息が静まり返った宿坊に響き、我に返った。「考え過ぎなのよ」スーザンの声が聞こえてきた。「考え過ぎないことです」フィリップの声も。畳に座り直し目を瞑ると、さまざまな音が聞こえてくる。風に木々がさやぐ音、廊下の軋む音、獣の声。〝いま、ここ〟の音だ。いつの間にか饒舌だったこころは黙り、波立っていた水面は凪いでいた。

深夜、スーザンから短いメールが届いた。今日彼女は石鎚山に登ったようだ。「思っていたよりずっと厳しかったけれど、素晴らしい体験でした!」山頂に立つ彼女の顔は晴れ晴れとしている。

朝六時、ダウンジャケットを羽織って外へ出た。強風が吹くなか境内の石段を上がると、眼前に雲海がひろがっていた。空はまだ藍染のような紺色で、山際がほんのりとオレンジ色に輝いている。雲の海は街を覆い隠し、天上の世界を展べていた。他に人はいない。ただ荒ぶる風の音がするだけだ。これほどの絶景が叶うとは……。天恵というより他ない。いま、ここにいられることへの感謝、誰彼への感謝の思いが湧き上がってくる。

六時半、朝のお勤めに参加させていただく。もちろんご住職の他は私一人だ。護摩堂で護摩木を焚きながらご住職が読経する姿に、大師の護摩供の姿を重ねていた。開山以来千三百年間絶え間なく続けてきたお勤めだ。目を瞑って歳月の重みに感じ入る。

目を開くと、ご住職の背中に朝日が射し輝いていた。こうして何十人或いは何百人という人が毎朝このお勤めをしてきたのだろう。

住職の話では、床下に納めてあるご本尊は五十年に一度御開帳する。六年前がその年に当たり、ご住職は立ち会われた。ところが、石室を開くとご本尊はなかったと言う。「石から出た仏が、土の中に消えたのです。姿がないということはつまり限定されないということ。逆に祈る側がいろいろなものを想像し、姿を見ることができるということかもしれません」。まさに「空即是色」だ。姿のないご本尊をぜひ拝見したいが、次の御開帳は四十四年後、生きてあれば私は百五歳になっている。

「まだ雲海が見えますよ」お勤めが終わって部屋に戻ると、納経所の女性がわざわざ伝えに来てくれた。日が高くなった雲海をもう一度眺める。八時半、すでに何人かの参拝者がいて、感動の声を上げながら写真を撮っていた。

巡礼の過ぎて露けき石畳　　まどか

「月落不離天」

大洲のホテルを出て、十夜ヶ橋《とよがはし》の畔にある別格八番永徳寺《えいとくじ》を打つ。巡錫中の弘法大師がこの橋の下で野宿をし、寒さと空腹で一夜が十夜にも感じられたという伝説が残る。寝ているお大師様を起こさないようにと遍路が橋の上で杖を突かない習慣の謂れが十夜ヶ橋にある。国道沿いに新しい店やビルが並ぶのは、西日本豪雨で破損し再建したからだ。

永徳寺の被害も甚大だった。本堂は傾くほど浸水したが、ご本尊の3センチ手前で水が止まったという。十夜ヶ橋も濁流に襲われたが、大師像だけが奇跡的に残った。「まだ頑張れということかな……と思いましてね」と納経所の男性。本堂は再建中だが、資材の高騰で費用がすでに予定の一・五倍かかっている。完成しないのではと案じていた(二〇二四年五月に工事完了)。

通夜堂も浸水した。「ともかくここだけは真っ先に直さんと」地域の人たちが泥を掻き出し、畳などを持ち寄って再興に協力してくれた。人気の通夜堂で、六年前ここに泊まることになったお遍路さんたちが、今夜は空海と一緒だ！　とはしゃいでいた様子が思い出された。

十夜ヶ橋の下に降りていくと、鯉に餌をやる外国人の若者がいた。ウイリアムはロンドン在住の二十七歳。「寝ている空海を起こさないように橋の上では杖を突くなといいますが、橋の上を通る車の騒音はどうなんでしょうかね？」。いかにもイギリス人らしくちょっと皮肉っぽく笑う。国道と松山自動車道が交差するこの場所はひっきりなしに車が通り、確かにうるさい。

「なぜ遍路に来たの？」旧道を歩きながら尋ねると、「仕事が忙し過ぎて……"empty"になるために来ました」と答えた。「無」あるいは「空」ということか。一流のＩＴ企業に勤めていたが、そこを辞めて遍路に来た。六年前にサンティアゴ巡礼道も歩いたそうだ。「でも人が多過ぎて良くなかった」「私も歩いたことがあるのよ。二十四年前だけれど」私の言葉に彼は目を丸くした。「二十四年前⁉　その頃は素晴らしかったでしょう！」「ええ、とても良かったわ。何かと不便だったけど、その分思い出も深いの」。彼は何度も頷いた。

次の計画はあるかと訊くと、「カンタベリー巡礼です。自分の家からローマまで」と言う。今度は私が目を丸くした。私自身がいつかカンタベリー巡礼をしたいと願ってきたからだ。「だったら今がいいですよ。カンタベリーもだいぶ知られてきたから」とウイリアム。

「今日はこれから雨になりますね。今まで一度も降られていないからラッキーでした」ウイリアムが空模様を気にしている。イギリス人と天気の話をすると、どうしてもからかいたくなる。「でもあなたたちは雨には慣れているでしょう?」「慣れてはいますが、好きにはなれないな」と苦笑する。そして言った。「最近ちょっと寂しいんです。遍路も半分過ぎてしまったと思うとね」。

内子運動公園にさしかかったときだった。何台かの消防車が待機していて、消防隊員の一人が駆け寄ってきた。「今からヘリコプターが着陸します。危険なのでここで待っていただけますか?」彼らは大洲の山火事のために大阪から応援に来ているという。「今日しっかり雨が降ってくれれば確実に消えるんですけどね」。

四十四番大寶寺へ行くには、鴇田峠《ひわだのとう》か農祖峠《のうそのとう》を越える。前回は鴇田峠を歩いたので、今回は農祖峠を行くつもりだ。内子座を見学するというウイリアムと別れて、道の駅で昼食をとる。あとは小田川に沿ってひたすら歩くのみだ。

お遍路さんも地元の人も、道行く人は誰もいない。

ふと最晩年の父との会話が思い出された。ひどい腰痛を抱えていた父は朝起きるのが遅くなっていた。無理矢理起こそうとする私に、「年を取るということは大変なんだよ……」と言った。その時の父の眼差、眉、皺、皮膚の感触までがつぶさに甦る。私は老いを理解していなかった。

「ごめんね……」思わず嗚咽すると、前方で茶色のものがバサッと音を立てて地面に落ちた。リス？　近づくと大きな朴《ほお》の葉だった。

朴の木に朴の花泛《う》く月夜かな　　黛　執

父がこよなく愛した花が朴の花だ。この遍路で初めて見た朴の木だった。まるで父が返事をしてくれたようで、私は散り敷く朴落葉のなかに立ち尽くした。

「月落不離天」月落ちて天を離れず……父が他界したときに友人が贈ってくれた禅語だ。月は地平線に消えても、天から離れたわけではない。同じように、こちらから見えないだけで、父はこの宇宙から離れてはいない。朴の葉を落としたり、小さな蜘蛛になったりして時々に姿を顕し、私に何かを伝えようとしているのではないか。

旧道沿いの集落には古い野面積《のづらづみ》の石垣が残り、なんとも言えない情趣がある。自然石を積み上げた野面積の石垣はとても丈夫だ。「俳句は石垣のようなもの」と言ったのは俳人の飯田龍太だ。

「……石垣といっても、近ごろの新建築の公園や、あるいは河川などに見かける、あんな練り積みのけばけばしいものではない。もっと素朴な野面積みだ。自然の石をそのまま生かした、あの穴だらけの石垣。……一見無造作に見えて驚くべき合理性とその耐久力は、石の見える部分より見えない部分に何倍かの力が隠されているためであるという」(飯田龍太『新編飯田龍太読本』富士見書房)

石と石の隙間には四季折々の野花が咲き、虫や蜥蜴が出入りする。野面積の石垣は宇宙を抱え込んでいるのだ。新築の家も畑も野面積の石垣の上にある。私たちの現代の暮らしも何もかもが、先人たちが一つ一つ手で積み上げた文化の上にある。

ウイリアムは〝empty〟になるために四国に来たと言っていた。これまで会った数人のお遍路さんからも〝無〟になるために歩くと聞いた。私の場合は歩いていると逆に次々と想念が沸き起こる。落葉や鳥の声、石垣、瀬音などが様々なこ

とを想い起こさせ、再編集され昇華していくような感じがする。
「お遍路さ〜ん！」すれ違った手押し車のおばあさんが私を呼び止めた。戻っていくと、「すみませんね」と掌を合わせた。そして二百円をくださった。「膝が痛いですか？」と訊くと、膝も腰も痛くて仕方がないのだと言う。「それじゃあ、いただいたお金でお薬師さんにお願いしますね」そう言って納め札を渡した私に、おばあさんはまた掌を合わせた。〝代参〟だ。

お接待は一言でいえば施しだが、それ以外にもさまざまな意味が含まれる。同行二人、お大師様と共に歩く遍路に施しをするのは、お大師様に施しをすることになる。また昔は講を組み、資金を出し合って代表者が遍路をする代参があった。お接待には代参の意味合いもあるのだ。

雨音の中に木の実の降る音も　　まどか

宿まであと一時間というところで雨が降り出した。慌ててレインコートを羽織り、宿までの道を急ぐ。旧道の山の斜面に柚子畑が広がっていた。「きれいな柚子ですね！」

収穫をしていたおじいさんに声を掛けると、大粒の柚子を二つ持たせてくれた。「雨で大変やなぁ」「あと2キロ程なので頑張ります！」柚子をポケットに入れ、例の空元気で歩き出した。

再び雨が強くなってきた。眼鏡が濡れて前方がよく見えない。防水加工してあるはずの靴にも雨が浸み込んできた。やはり雨の日は辛い。すると、後ろから来た軽トラックが止まった。先ほどのおじいさんだ。「頑張る言うとったけど、雨がひどくなってきたから乗っていきんさい」。

その夜は嵐になった。山の宿はたった一人の宿泊客で、夕食にはおじいさんからもらった柚子を使った一品も添えてくれた。「お遍路さんはベテランも若い人もみなさん全身湿布だらけですよ」と女将さん。一皮むけばみな同じですと笑う。その夜も、右のかかとの痛みで何度も目が覚めた。

17　自然や宇宙とつながる一瞬のために

八丁坂

昨夜の嵐で農祖峠は歩けなくなっているので、車道を行くようにと宿のご主人。大平川にそって国道を行く。連休を過ぎてからはめっきりお遍路さんに会わなくなった。ましてやこんな山の中の道では人っ子ひとりいない。私ひとり、鈴の音と沢音しか聞こえない。

いやひとりではない。お大師様も父も一緒だ。

「やあ！」峠の真っ暗なトンネルを抜けたところで、ウイリアムが追いついてきた。てっきり山道を行ったと思っていたが、嵐のあとなので車道に変更したようだ。今日は大寶寺を打ち、久万《くま》高原の宿に泊まると言う。私も同じ宿だ。お願いしたいことがあると言うと、「それじゃあ宿で」と快く言ってくれた。

互いの仕事のことなどを話しながらしばらく共に歩いたが、立ち寄りたいところがあったので、先に行ってもらった。歩くのが早いウイリアムはあっという間に見えなくなり、後ろから来た野宿の青年もたちまち見えなくなった。

黄落や遍路がひとりまたひとり　まどか

父野川沿いの旧道には古い「茶堂」が二つ残る。茶堂とは弘法大師や大日如来を安置する三方が吹き抜けの簡素な小堂だ。かつては地域の住民が念仏講や年中行事で集ったり、旅人に茶を振舞ったりした。また遍路が寝泊りするのに使ったそうで、善根宿も兼ねた接待の場だった。今も使われることがあるのだろうか、どちらの茶堂も畳が壁に立てかけられていた。

二時半、汗まみれで大寶寺に着く。

朝まゐりはわたくし一人の銀杏ちりしく

境内には山頭火の句碑があった。遍路姿で境内に立つ山頭火の姿が目に浮かぶようだ。

四時、宿に到着する。昨日松山は30度近くまで気温が上がったそうだが、標高が高い久万高原は暖房を入れないと寒い。夕食の折にウイリアムに、ハイキング・アプリを私のスマホにダウンロードしてもらう。スーザンも使っていた外国のアプリで、山道や旧道など交通量の少ない道を案内してくれる。「これでうるさい車道を歩かずに済みますよ」とウイリアム。

翌朝は3度まで冷え込んだ。霧の中を出発すると、吐く息が白い。山頭火も十一月半ば過ぎに久万高原を歩いている。「やっと夜が明けはじめた、いちめんの霧である、寒い寒い、手足が冷える（さすがに土佐は温かく伊予は寒いと思う）」（種田山頭火『四国遍路日記』）。

歩きはじめて二十分程、大きな道標が立つ分かれ道を右に曲がる。しばらく林道を上ったが、道を間違えたような気がしてきた。外国のアプリはまだ使いこなせていない。地図を見るが、気持ちが焦っていて自分のいる場所がわからない。

道標まで戻ることにして林道を下りはじめたとき、白装束の一団が上がってきた。五人の青年だ。「この道は違うと思うの」と言うと、「今ここなので、大丈夫です」と地図を指さした。そして風のように林道を上っていく。小走りで追いかけたがあっという間に姿が見えなくなってしまった。

二十分くらい歩いただろうか、一団が下りてきた。まさか！　立ち止まって待っていると、「間違っていました。元の道に戻った方がいいです」と言い、また一陣の風のように去ってしまった。

小一時間無駄に歩いてしまった。すっかり気落ちして下っていくと、集中力が途切れたのか、一本道を来たはずなのになぜか道に迷った。さらに時間も体力も浪費する。

ようやく戻った遍路道は、栃の落葉に埋もれていた。そうだ！　この道だ。六年前の記憶が俄かに甦る。おちこちで清水が音を立てて流れている。山道を歩くのは楽しい。先程まで落ち込んでいた気持ちが一気に上向く。

「……瀬の音が高い、霧がうすらぐにつれて前面の山のよさがあらわれる、すぐそばの桜紅葉がほろほろ散りしく……」（同前『四国遍路日記』）

八丁坂は修行の場で、約3キロの峻険な山道をかつては「南無大師遍照金剛」と唱えながら上ったそうだ。息を切らして上っていくと、昨日私を追い越していった野宿らしき若い男性が下りてきた。逆打ちではないのに、なぜこの道を戻るのだろう？　「お疲れさま。もう岩屋寺《いわやじ》を打ってきたのね！」と声を掛けると白い歯を見せて「はい！」と答えた。

彼とは一週間程前から時々会っていたのだが、笑顔を見たのは初めてだった。「気をつけてね」「はい、気をつけてください！」「ありがとう」。ただそれだけの会話だが、鬱然とした山のなかにそこだけぽっと日が差したような邂逅だった。

きっと不器用なのだ。効率性やスピードが求められる今の世の中では、何かと生きづらさを抱えてしまうのではないか。昔の遍路と違って今の遍路には帰る場所がある。しかし、帰っても〝居場所〟がない人は少なくないと思う。

傾きて傾《かし》ぎて露の道しるべ　　まどか

八丁坂を上り切った峠は、槙谷から上がるもう一つの遍路道との合流点で、古い道標や石像が残る。明治三十六（一九〇三）年に建立された道標には、名古屋と京都のお遍路さんの名前が彫られている。後からやってくる巡礼者のために建立した〝恩送り〟の道標だ。

一切の「境界」が無くなるとき

大方の遍路は遥か前を歩いているのだろう。道を間違えたお蔭で、この山の風景を独り占めで歩く。落葉も木々の幹も鳥の声も私も何もかもが霧で濡れていた。大きな朴の葉が道いっぱいに落ちている。重なった落葉を通して足裏に土の感触が伝わってくる。足の裏が落葉と一体となり、土に染み入っていくようだ。そのうち私を覆っている膜が剝がれて、山の気と溶け合っていく。

もはや一切の「境界」が無くなっている。自己と他者、内と外、人間と自然、この世とあの世、生者と死者、現在・過去・未来。生き物としての命が他の命と共振し、あらゆる命と根源を〝一《いっ》〟にしているという実感。その喜び。日常の喜怒哀楽の感情を遥かに超えた魂が震えるような喜びが全身に押し寄せ、満ちてくる。

「歩く」ことを蝶番に、自然や宇宙とつながるという感覚は稀に私をおとなう。その一瞬のために歩くと言っても過言ではない。それには少しばかりの条件が必要だ。自然の中を歩いていること。一人であること。長い距離を歩くこと。単調な道ではなく起伏があること。水が流れていること。草を分けて進むこと。

「平等の三密は、法界に遍じて常恒《じょうごう》なり」（『声字実相義』）。大日如来のはたらきはあらゆるところに遍くゆき渡っていて変わることがない、と空海は説く。耳に聴こえるものはすべて大日如来即ち宇宙の語りかける声であり、目に見えるものはすべて大日如来が私たちに示している文字だと言う。〝歩く〟という行為によってあらゆるものに大日如来のはたらきが遍満していることを実感し、空海の言葉と実体験が繋がってくるのだ。

山彦のほろほろ木の実落としけり　　まどか

昼食を食べに国民宿舎のレストランに立ち寄ると、ウイリアムが座っていた。「岩屋寺は素晴らしかったです。焼山寺と共にこれまでの札所の中で最も感動しました」。私はいきなり道に迷ってしまったことを話すと、彼も同じところで間違えたようだ。「林道に入ったところで、青年のグループが下りてきて、この道は違うと教えてくれたんです」。

久万街道は、明治二十五（一八九二）年に旧国道が開通するまでは久万と松山を結ぶ主要道だった。標高720メートルの三坂峠は難所で、その厳しさは馬子唄にも唄われる。「〽むごいもんぞや久万山馬子はヨー、三坂夜出て夜もどるヨー、ハイハイ」。馬子は一昼夜かけて往復したのだ。

三坂峠は今歩いても長い。そして苔むした石畳が滑りやすい。「こけがあるので、すべらないようにきをつけてください」地元の小学生のメッセージがところどころにあり、嬉しいお接待だ。

六年前はユリウスと身の上話をしながら歩いたが、今日は自分と語らいながら歩く。何度か滑って転びそうになったが、そのたびに金剛杖に助けられる。

山頭火は三坂峠を手足の不自由な人と道連れになり共にゆっくり歩いたようだ。山頭火が遍路をしたのは旧国道開通後なので、久万街道は廃れていた。「……遍路みちはあまり人通りがないと見えて落葉がふかい、……峠が下りになったところでならんでお弁当を食べてから別れる、御機嫌よう」（種田山頭火『四国遍路日記』）。

かなり下ってきて道が少しひらけたところで、あの青年たちが追いついてきた。岩屋寺で逼割《せりわり》禅定をしてきたそうだ。岩の裂け目を鎖と梯子でよじ登る行だが、そんな荒行をしてきたとは思えない軽い足取りだ。「何しろ一時間5キロ歩くんでね」としんがりの引率者らしき男性。速いわけだ。少しおしゃべりをしているうちに置いていかれてしまった。

旅人のうたのぼりゆく若葉かな　正岡子規

子規は三坂峠を二度歩いているが、いずれも旧国道開通前なので、久万街道は旅人や商人で賑わっていたことだろう。「うた」は馬子唄とも御詠歌ともされる。遍路の鈴音も聞こえてくるような牧歌的な雰囲気の句だ。

山門の紅葉が見ごろを迎えた四十六番浄瑠璃寺《じょうるりじ》を打ち、四十七番八坂寺《やさかじ》へ向かう。

お遍路の誰もが持てる不仕合　森白象《はくしょう》

境内に遍路を詠んだ句碑があった。森白象（本名寛紹）は、明治三十二（一八九九）年現愛媛県東温市生まれ。元高野山真言宗管長・高野山真言宗総本山金剛峯寺第四百六世座主。この句は三男が亡くなり、遺骨を持って四国巡礼に出た折の作。座主まで上り詰めた高僧でも、我が子の死を前にすれば一人の人間。遍路にあれば一遍路だ。野見山朱鳥の句を思い出した。

かなしみはしんじつ白し夕遍路　　野見山朱鳥

白衣を着た途端にキャリアも肩書も何もなくなり、ただの〝お遍路さん〟になる。白衣は個性をも消す。白はどこまでも寡黙だ。悲しみが染み込んでいる色、それが白だ。ふと、一陣の風が過ぎるように歩く青年の一団が頭をよぎった。若い彼らも悲しみを抱えているのだろうか。

その夜、宿の夕食で青年たちと一緒になった。引率者によれば、それぞれに引籠りなどの問題を抱えていて、自分を変えるために通しで遍路を歩くプロジェクトに参加している。彼らを〝風〟のように感じるのは、白衣を着ていることと歩くのが速いことの他に、あまり話をしないこと、気持ちを表情に出さないことなどが理由としてあるだろう。

だが、一日の行程を終えてリラックスしているせいか、宿ではみな明るい。あるいは遍路も半分を経て、何か変化があったのか、遍割禅定にも挑戦してきた勇気ある彼らが適応できない社会とは何なのだろう。彼らの側だけに問題があるのだろうか。ウイリアムにしても然りだ。

せっせっと落葉を溜めて手水鉢　まどか

18 「空《くう》」あるいは「虚空」を生きるひと

「障害」とは何か

翌日は朝から土砂降りになった。ただし今日は山道ではないので幸運だ。別格九番文《もん》殊院《じゅいん》は、四国遍路伝説上の人物・衛門三郎の菩提所でもある。

九世紀初頭、河野一族が治めていた伊予国に衛門三郎という豪農がいた。三郎は強欲で情けがなかった。ある日みすぼらしい僧侶が托鉢にやってきた。何度追い返してもまたくるので、業を煮やした三郎は竹箒で鉢をたたき割る。その後三郎の八人の子供が次々と亡くなる。悲しみに打ちひしがれた三郎の夢枕に弘法大師が立った。追い返した托鉢僧は大師だったのだ。

そこで三郎は大師にまみえようと四国巡礼に出る。が、二十回巡拝しても会えず、逆打ちをはじめたところ十二番焼山寺の近くで病に倒れる。死を目前にした三郎の前についに弘法大師が現れた。三郎が過去の過ちを詫びると、大師は三郎に望みを訊く。「来世は伊予の国司の家に生まれ、人の役に立ちたい」と言い息を引き取った三郎の左手に、大師は「衛門三郎再来」と書いた石を握らせた。

その後、領主河野家に男子が誕生する。左手を固く握りしめたままなので、祈禱によってひらくと「衛門三郎再来」と書かれた石が出てくる。その石を納めた寺が五十一番石手寺《いしてじ》だ。文殊院の付近の田園には「八塚《やつづか》」と呼ばれる小さな古墳が八つ点在するが、これらは三郎の八人の子の墓とされる。

八つの塚は離れ離れに雨の中でけぶっていた。ちなみに「逆打ち」が順打ちよりもご利益があるとされるのも三郎の伝説に由来する。

降りやまぬ雨のなかを四十八番西林寺《さいりんじ》・四十九番浄土寺《じょうどじ》・五十番繁多寺《はんたじ》と打つ。繁多寺の境内には「四国遍路一万人接待施行大願成就記念」の石碑が建っていた。昭和四（一九二九）年に東京の人が立願して行ったようだ。接待もまた〝行〟だ。

目礼に遍路過ぎゆく萩の雨　　まどか

午後になりますます雨脚が強くなってきたので、県道沿いにある全国チェーンの喫茶店に飛び込んだ。濡れた傘がぎっしりささった傘立に、金剛杖を置く。「いらっしゃいませ~」。店に入るとたちまちコーヒーの香りに包まれた。遍路中は昼食をとるために食堂や喫茶店に立ち寄ることはあっても、お茶を飲むために利用することはまずない。

パソコンを開いて仕事をする人、おしゃべりに興じる人……店内にはBGMが流れ、テーブルごとに違う時間が流れている。異国に来たような気分になり、ぎこちなく歩いて一隅に席を取った。ついこの間までそこここでよく利用していた喫茶店なのに、目に映るものが新鮮にも懐かしくも思える。随分と〝遠く〟に来たものだ。

再び土砂降りの中を歩き、石手寺の山門に到着した。普段は参拝者で混み合う札所だが、雨のせいで人もまばらだ。大急ぎで参拝を済ませて寺を出た。

車道をしばらく行くと、傘もささずに歩く数人が前方からやってきた。「こんにちは!」例によって空元気で挨拶をしたが、無反応で通り過ぎてゆく。声を掛けられたことにも、雨にさえも気が付いていないかのように、みな一点を見つめて黙々と歩いている。一点というより〝空〟というべきかもしれない。振り向くと、一斉に向きを変えて障害者施設へと入っていった。

ふと思う。「障害」とはいったい何なのだろう。健常者が考える基準から外れていることを指すのだろうか。彼らは明らかに私とは違う世界を歩いていた。〝虚空〟を生きているのかもしれない。虚空とは何も妨げるものがなく、一切を包括しすべてのものの存在する場所としての空間だ。

是《ぜ》故《こ》空《くう》中《ちゅう》無《む》色《しき》無《む》受《じゅ》想《そう》行《ぎょう》識《しき》

「「空中」というのは、「空」という大真実の中という意味です。……「空」の中には「色」もないし、「受・想・行・識」もみなないと考えられます。……大きな仏の世界、「空」の世界に入ってしまえば、あるのはただ大きな仏の力の中に飲みこまれて生かされているという事実があるだけで、「五蘊」の存在は一切問題でないということです」（金岡秀友『図説般若心経』講談社）

「空」の世界では、「五蘊」、すなわち色（形あるもの）、受（視覚・聴覚などの感覚）、想（表象・知覚）、行（意志・実行）、識（認識）には一切こだわることがないと般若心経は説く。健常者が設ける〝基準〟が今の時代の五蘊の下で作られ、ゆえに彼らが〝障害者〟になっているのであれば、彼らは「空」あるいは「虚空」を生きているのではないか。だとすれば僧侶をはじめ様々な人が追求する「空」に、既に達していることになる。

無《む》眼《げん》耳《に》鼻《び》舌《ぜっ》身《しん》意《に》　無《む》色《しき》声《しょう》香《こう》味《み》触《そく》法《ほう》　無《む》眼《げん》界《かい》乃《ない》至《し》無《む》意《い》識《しき》界《かい》

「眼・耳・鼻・舌・身・意（心）」という身体の器官の一つ一つの働きにこだわってはいけない。ゆえに、「形・声・香・味・感触・心」にもこだわってはいけない。眼が見えてもそれは世界の表層を眺めているに過ぎず、〝心眼〟がなければ真実は見えない。

私を含めて先ほどの喫茶店にいた人たちは「眼・耳・鼻・舌・身・意（心）」は整っているかに見える。しかし実際目が見える私たちに、どれほどのものが見えているだろう。

雨の中でのたまさかの邂逅が、再び私を「般若心経」の世界へと引き戻した。

夕映えの中で

翌朝はすっきりと晴れ上がった。昨夜は急に左耳がズキンズキンと痛みだし、何度も目が覚めてしまった。途中で耳鼻科があったら診てもらおう。松山の街なかの遍路道を歩き、立派な護國神社の前を過ぎると「一草庵」があった。山頭火が二度目の遍路から戻り、最晩年の十ヶ月間を過ごした庵だ。

山口県防府の大地主の家に生まれた山頭火（種田正一）は、少年期に母を失う。庭の井戸に身を投げての自死だった。引き上げられ、冷たくなった母の遺体にとり縋って泣いたという。山頭火の生涯にわたる憂鬱と放浪癖は、母の凄絶な死に深く根ざす。

早稲田大学在学中には神経衰弱となって退学し、帰郷する。その二年後の明治三十九(一九〇六)年に父が酒造場を買収。一家で移り住んで酒造業を始め、山頭火は妻を迎えるが、二年続けて酒蔵の酒が腐敗し経営が傾く。再建のために山頭火は奔走するが結局倒産した。破産が原因で父は消息不明となり、弟は自死。母に代わって山頭火を育てた祖母も他界する。一児をもうけた妻とは十年程で離婚。山頭火は酒に溺れていった。

四十二歳で得度。一切を清算すべく旅に出たのは四十三歳のときだ。以来一鉢一笠の行乞の旅に出る。

どうしようもないわたしが歩いてゐる
うしろすがたのしぐれてゆくか　　山頭火

宿命的な苦悩を背負い、逃れるように飲み、歩き、句を詠む山頭火であった。

門のように横に張り出した庵の柿の木は大粒の実をつけていた。現在の一草庵には休憩所が併設されていて、年譜や俳句が展示されている。正直に言うと、以前はあまり山頭火の自由律俳句に関心がなかった。だからか六年前はここを素通りしている。しかし今回の遍路では折々に山頭火の句を思い出す。父の死という悲しみを背負ったからだろうか。気づけば半時以上そこで過ごしていた。

山へ空へ摩訶般若波羅密多心経　山頭火

昭和十五（一九四〇）年十月、遍路の翌年、山頭火はこの庵で生前の念願通り「ころり往生」を遂げた。享年五十七歳。

「お遍路さん！　道違ってますよ」。山頭火のことを考えながら歩いていたら、曲がり角をひとつ間違えたようだ。こうやって道を間違えるたびにたいてい誰かが声を掛けてくれる。〝同行二人〟を実感する瞬間だ。

車道へ出ると、耳鼻科クリニックの看板が目に入った。慌てて飛び込んだが、待合室には人が溢れていた。受診は諦め、ドラッグストアで抗生剤の軟膏を買って急場をしのぐことにした。

五十二番太山寺《たいさんじ》・五十三番円明寺《えんみょうじ》を打ち、松山市北条にある宿を目指して海岸線を歩く。前回は県道を歩いた気がするが、今回は外国のアプリを使って海辺の遊歩道を行く。四時少し前、北条の消防署の前に着いた。

六年前ここを歩いた時には夜の八時半を回っていて、消防署の灯を見つけて地図を片手に飛び込んだ。「いま私がいる所はどこですか?」驚いた署員の方たちが地域の拡大地図のコピーを取り、宿までの安全な道順を教えてくださった。

その折のお礼を言いに、消防署に立ち寄る。対応に出てきた男性に話をすると、「また同じ宿にお泊りですか? 今回は明るいうちに着いてよかったですね!」と笑った。

日が傾きはじめた海辺の旧道を歩いていくと、小さな漁港に出た。人の気配はほとんどなく、漁港は金色に染まっていた。堤防の上で男性らしき人が、立ったまま手を不規則に動かしている。何か大きな魚が釣れたのだろうか。近づくと、男性は釣竿も何も持っていなかった。ただ海に向かって思うがままに両手を振っている。音楽を聴きながら指揮をしているのかとも思ったが、イヤホンは付けていない。ただ一心不乱に手を振り回している。彼のエネルギーが最大限になり、金色の夕景と溶け合っている。あまりの美しさに足を止め、その様子を見つめ続けた。やがて彼が私に気づき、こちらを向いた。

「こんにちは！」挨拶をすると、軽く会釈を返した。彼のエネルギーがたちまち萎んでいくのがわかった。

海に面した宿の部屋で、何度も何度も男性の姿を想い起こした。あの美しさはどこから来ていたのか。彼は夕映えの中で波の音を聴き、風の音を聴き、声なき声を聴いていたに違いない。イヤホンなど毛頭必要なかったのだ。空海のいう自然のサインを身体いっぱいに受け、宇宙と交信し、その一部となっていた。だからこそエネルギーが膨らんでいたのだ。

そして私が声を掛けたことで、いきなり俗世に引き戻されエネルギーが萎んだのだ。彼もまた一般社会では生きづらさを抱える人なのかもしれない。

月を見せむと朴一葉落ちにけり　　まどか

19　眼で眺めるのは世の表層、心眼で見るのが真実

おっちゃん

翌朝は小雨のなか七時に宿を出た。左耳は抗生剤が効いているのか少し痛みが和らいでいる。八時、本降りになってきたので「鎌大師」で休憩をとり、その後再び海沿いの道を今治目指して進む。

釣糸を垂れている男性に「何が釣れるんですか？」と訊くと、バケツの中を見せてくれた。見事なカワハギだ。「肝も入っとるよ！」「今晩はこれで一杯ですね！」。

菊間瓦で有名な菊間の町を過ぎ、大きな石油工場の脇を過ぎ、今治街道を進む。この沿道のコンビニで六年前〝おっちゃん〟と出会った（拙著『奇跡の四国遍路』）。おっちゃんは七十代。自分のことを「おっちゃん」と言う。生まれてすぐに母を亡くし、「もらいっ子」といじめられ苦労して育った。長年火葬場で働き、二千三百体を見送った。そんな苦労話を行きずりの遍路の私にしてくれたのだ。玉響《たまゆら》の出会いだったが、前回の遍

路の中で忘れがたい思い出のひとつだ。

もしかしたら再会できるかもしれない……淡い期待を胸にコンビニに立ち寄る。が、並んで座って話し込んだ駐車場にも、店内にも、おっちゃんはいなかった。

無眼界乃至無意識界

眼が見えてもそれは世の中の表層を眺めているに過ぎない。心眼でものを見なければ真実は何ひとつ見えないのだ、と「般若心経」は諭す。いまここに〝おっちゃん〟の姿は見えないが、それは表層の世界のことだ。おっちゃんは六年前、確かにここにいた。二千三百体ものご遺体を日々火葬し、苦労を重ねて生きたという揺るぎない実体がある。「そろそろお迎えが近いんか、最近は自分が亡くなる夢をみるんよ」と言っていたおっちゃん。いまどうしているだろうか。

冷たい夕風が吹くなか五十五番南光坊《なんこうぼう》を打ち、今治駅前のホテルにチェックインした。

翌日も朝から冷たい風が吹いていた。五十六番泰山寺《たいさんじ》・五十七番栄福寺《えいふくじ》・五十八番仙《せん》遊寺《ゆうじ》と打つ。眼下にしまなみ海道を眺めながら山道を下っていると、元気の良い外国人女性が弾むような足取りで登ってきた。「H·i！」声を掛けると、「見て！　前の札所でもらったの！」と金剛杖の頭に括りつけた数本のコスモスと金の納め札を嬉しそうに見せた。若さがきらきらと眩しい。スペインから来たというので、「二十四年前にサンティアゴ巡礼をしたのよ」と言うと、「二十四年前⁉」と叫んだ。彼女はまだ小学生だったかもしれない。「ブエン・カミーノ（良き巡礼を）！」スペイン語で互いの遍路を祝福し合い別れた。サンティアゴを歩いたときには、私もあのように輝いていただろうか。

おんころころ薬師の森の木の実かな　　黛　執

五十九番国分寺《こくぶんじ》のご本尊は薬師如来だ。内子町で出会ったおばあさんの代参は、国分寺でしようと決めていた。お接待の二百円を賽銭箱に入れ、足腰の痛みをとってほしいとお薬師様に祈った。六年前〝おっちゃん〟からもお接待でお金をいただいた。賽銭を追加し、おっちゃんの健康を祈る。

明日は丹原町にある二つの別格霊場を打つ。冷たい風が容赦なく吹くなかを西条市丹原町へと急いでいると、寒さのせいか左耳がまたきりきりと痛みだした。宿に着いた時にはとっぷりと日が暮れていた。風が強かったせいで、身体が冷え切っている。暑いときには、「夏に比べたらまだ冬の遍路の方がましかもしれない」などと言っていたが、寒さもまた身に応える。

翌日は宿に近い別格十一番生木地蔵《いききじぞう》を先に打った。ご本尊の生木地蔵菩薩は、お告げにより弘法大師が生きた楠に刻んだ地蔵菩薩像だ。由緒書を読むと「耳病平癒」とある。耳鼻科クリニックには立ち寄れなかったが、ここで左耳のことをお願いし、別格十番西《にし》山興隆寺《やまこうりゅうじ》を目指す。

「紅葉には少し早かったけれど風情のあるお寺でしたよ」。道すがら出会った男性のお遍路さんは西山興隆寺を打ってきたところだった。山並が見渡せる野に腰を下ろし、地図をひろげて道順を教えていただく。お接待でもらった菓子やみかんを分け合いながら、石鎚山を指さして「さすが神の山ですね〜」と話していると、通りがかりの自転車のおじいさんが別の山を指して言った。「石鎚山はあっちや!」。

〝無〟は訪れるもの

伊予小松の宿の夕食では石垣島からのお遍路さんと一緒になった。初めての遍路で逆打ち。足裏全体にできた肉刺《まめ》に悩まされているという。足の具合しだいで歩ける距離が変わるので、宿は翌日の分までしか予約しない。「道を間違えてばっかり、迷ってばっかりですわ。だから迷うことを楽しむことにしました」と頭を掻いた。

三度目という隣の男性は、対照的に宿にこだわりを持ち、出立の数か月前にすべて予約済みだ。スマホの写真を見せながらお気に入りの宿や料理について熱心に語る。「前日の予約だと良い宿が取れないでしょう?」彼が石垣島の人に尋ねると、「まあ外れの時もありますが、それはそれで楽しむようにしています」と笑った。

鳥にとも巡礼にとも木守柿　まどか

遍路ころがしの一つとされる六十番横峰寺《よこみねじ》を打つ。山道は静かで鳥の声さえしない。足音、杖の音、そして鈴音だけが響く。山道をかなり登ったところで一旦車道と交わり再び遍路道へと戻るのだが、入り口を見落としてしまいそのまま車道を歩く羽目になった。車道の方が距離が長いため、予定より三十分以上到着が遅くなってしまった。

境内で石垣島の人とばったり会った。片足を引きずり肉刺が辛そうだ。労《ねぎら》うと、「肉刺は相変わらずですが、新たに膝が痛くなってきました」と言う。「私は道を間違えてずいぶん遠回りしてしまいました。でもそれも楽しまないといけないですね！」「そうです！　ともかくお互い無事に着いたんですから」。逆打ちをされているので二度と会うことはないだろう。一期一会のお遍路さんの言葉が身に沁みる。

その日の夕食で同じテーブルになった高齢の男性は登山が趣味で、キリマンジャロなど世界中の山を登っている。亡き父も山を愛し、若い頃はよく登山をしていたので、その魅力について尋ねた。

「危険な山は手足の置き場所のひとつひとつに集中するでしょう。そうするといつの間にか〝無〟になる瞬間があるんですよ」。遍路ではみんな何かを考えながら歩いているが、「原点」を考える人は少ないように見える、と言う。「人間も宇宙も素粒子でできています。ということは私たちは大宇宙の一部なんです。逆に言えば自分の中に宇宙のすべてがある。山に登っていて〝無〟になったとき、その「原点」が作動するんです」。〝無〟になろうとすると却って雑念の嵐になるんですよね……と呟くと、「〝無〟になろうとしたらそうなるでしょうね」とほほ笑んだ。「〝無〟は訪れるものなのです」。

贈り物

六十一番〜六十四番と四つの札所を打った後は、別格霊場を除いてはしばらく札所がない。できるだけ車の少ない旧道を選びながらひたすら歩く。数日前からあちらこちらで皇帝ダリアを見かけるようになった。丈の高い皇帝ダリアは青空によく映える。

新居浜を歩いているときだった。ユンボを積んだトラックが前方を通過した。「お遍路さ〜ん！」運転席の窓から女性が紙包みを差し出した。「はい、お弁当。揚げ物多いけど勘弁してね！」。毎朝同じものを二つ作って、一つは出会ったお遍路さんにお接待していると言う。受け取ったお弁当はまだ温かく、箸袋には「お気をつけて」とメッセージが添えられている。出会うかどうかわからない遍路のために、毎朝出勤前に自分と同じ弁当をもう一つ作る。できないことだ。思いがけないお接待に胸が熱くなった。

明日は六十五番三角寺《さんかくじ》から旧遍路道を歩いて別格霊場十三番仙龍寺《せんりゅうじ》・十四番椿堂《つばきどう》（常福寺《じょうふくじ》）を打ち、境目峠を越えて六十六番雲辺寺《うんぺんじ》の麓の宿まで歩く。

仙龍寺は弘法大師をご本尊とするお寺で、「四国総奥の院」とされる。かつて女人禁制だった高野山の代わりに、女性たちは仙龍寺を参拝、女人高野と呼ばれた。明治末期までは夜毎に本尊を開帳して護摩行を行っていたため、寺は通夜堂を無料で開放。一日に数百人という老若男女の遍路が一宿して行に参加したという。楽しみにしていた道のりだったが、あいにく当日は朝から篠突く雨となった。

三角寺境内から山道に入る。旧遍路には江戸、明治、大正、昭和、そして現代の道標が点在し、往時の繁栄を偲ばせた。標高が上がってきたのか、指先の感覚が無くなるほど寒い。よりによってなぜ今日こんなにひどい雨を降らせるの？　誰にともなく呟いたときだった。目の端を一片の白いものがよぎった。まさか……？

雪が舞いはじめていた。遍路道で雪に遭うとは……あっと言う間に辺りは白一色の世界となり、丁石《ちょうせき》も石像も道標もすべてが雪に覆われていった。〝龍の棲む霊山〟と称される仙龍寺にふさわしく神々しい風景だ。残暑厳しい中を出発し、彼岸花やコスモスの季節を通り過ぎ、私はいま雪の中を歩いている。雪はお大師様と父からの贈り物のようだった。

不動堂まで下りてきたところで、雪は雨に戻った。ここから仙龍寺までは約1キロ。濡れた石の上で何度も足を滑らせながら下っていく。豪雨の影響だろうか、道のところどころが崩落していた。

清冽な水音が聴こえてくると、眼下に仙龍寺の屋根が見えた。濡れた紅葉に日が降りそそぎ輝いている。岩山に張り付くように建てられた舞台造りの大きな建物はかつての通夜堂で、取り巻くように清滝川が流れる。寺は周辺の山川に溶け込み荘厳だ。

靴を脱ぎ、二階にある本堂へと上がる。弘法大師がご本尊なので大師堂はない。納経を終え、本堂のストーブで暖をとっていると、狐につままれたような表情で背の高い外

国人青年が到着した。「山道を歩いてきましたか?」と尋ねると、「もちろんです!」と答えた。「信じられません。僕は一日に秋と冬を経験したんです。遍路で最も神秘的な一日でした……」。

降る雪の遙かより降るもの確か　　まどか

20　一輪のすみれに霊性を感受するとき

遍路宿、受け継がれる思い

椿堂を打ち、木々が夕日に染まる境目峠を越え、かわたれ時に民宿「岡田」に到着した。境目という名の通りで、ここは愛媛県、徳島県の県境で、「岡田」は徳島県三好市にある。

前回と同じ部屋に通され、懐かしさが込み上げた。宿の主は御年九十四歳。父が生きていたらほぼ同じ年齢だ。連泊してここを拠点に別格霊場二つと六十六番雲辺寺を打つ。おとうさんはいつものようにエプロンを付けて、あの弾けるような笑顔で食堂に現れた。別格十五番箸蔵寺《はしくらじ》を打つ私に、手書きの地図を使って歩き方を説明してくださる。「少し距離は長いけど大丈夫。楽しい道！」おとうさんの言葉に背中を押される。

翌朝見送りに出てくれたおとうさんが言った。「もし無理やったら途中で電話して！車で迎えに行くから！」。

箸蔵寺までの道のりはおおむね緩やかな下り坂で、吉野川沿いの道はまさに〝楽しい道〟だった。箸蔵寺の麓からの山道も比較的歩きやすい。日曜日とあってハイキングの人と度々顔を合わせた。大変だったのは仁王門に着いてからだった。上っても上っても石段が現れる。ようやく本殿に着いた！　と思ったらそれは本坊で、般若心経の文字が一段に一文字ずつ書かれた「般若心経昇経段」二百七十八段が待っていた。参拝者は息を切らしながら一文字一文字読みながら上っている。

雪が残る本殿に到着したのは正午近くになっていた。おとうさんがお接待で持たせてくれたおにぎりを十分で食べ、大急ぎで寺を後にする。

あとは同じ道を戻るだけだが、帰りは緩やかながらずっと上り坂になり、思った以上に時間がかかる。峠道は日暮が早いので早足で歩く。昨日のこの時間は自分の影を前にして歩いていたが、今日は後ろに長く曳く。

四時過ぎ、ようやく宿のある佐野の集落に入った。「お帰り！」畑からおじいさんが声を掛けてくれた。「朝早うにさくさく歩きよったのを見たから」。箸蔵寺を打ってきたと言うと作業の手を止めた。「箸蔵さんまで⁉　そりゃあ疲れたじゃろ！」。今度は庭先からおばあさんが声を掛けてくれた。「お疲れさんです」。遍路はみな「岡田」に泊まることを知っているのだろう。小さな集落ならではの交流に温かい気持ちになる。

「ただいま～！」宿には誰もいなかった。母屋も薄暗い。とりあえず部屋でお茶を飲んで休んでいると、玄関の方で声がした。「帰っとる！」おとうさんだった。私の帰りが遅いので心配して車で探しに行ってくれたそうだ。「どこですれ違ったんやろ。まあと

にかく無事で良かった！　心配したよ」。父が迎えにきてくれたような気がした。

夕食は七十代のご夫婦と台湾人女性のイーリン、それに千葉からの男性のお遍路さんで、一週間程前の宿で一緒だったメンバーだ。同窓会のように打ち解け、ひとしきりおしゃべりで盛り上がった後、遍路名物となっているおとうさんの「雲辺寺の打ち方講座」を拝聴する。お遍路さんはみなこの時間を心待ちにしているのだ。「歩けるということは贅沢なことや。夫婦で遍路なんて最高の贅沢」とおとうさん。

民宿を一人できりもりしていた奥さんは、六十代で亡くなった。お遍路さんのためにと懸命に続けてきた宿を終わらせるわけにはいかない。料理も一から勉強しておとうさんが引き継いだ。包丁を持つのも初めてだった。「岡田」はいま最も予約が取れない宿と言われる。奥さんからバトンを受け取って二十余年、多くのお遍路さんを迎え、送り出してきた。おとうさんの目に今の遍路はどのように映るのだろうか。

山鳴り

翌朝まだ薄暗いなかをイーリンと共に出立。いつものようにおとうさんが門口で見送ってくれた。「また来てね！」弾けるような笑顔で手を振る。

六十六番雲辺寺は標高911メートルにあり、八十八霊場のうち最も高い場所にある。「あなたは二度目でしょう? 私はあなたに付いて行くから」とイーリン。ところが三十代の彼女は体力があり、坂道になると私の方が遅れがちになってきた。境内でまた会いましょうと約束して、彼女に先に行ってもらう。

途中に大きな松の倒木があり、道を塞いでいた。イーリンは私が心配だったらしく、倒木の先で立ち止まってこちらを見ている。「松の端を上って下りて!」と彼女。なんとかクリアすると「Good!」と親指を立てた。朝焼けが始まり、山中がしだいに明るくなってきた。

山道を登り切り、林道に出たときだった。突然地響きのような低い音が全山に響き渡った。獣が唸る声のようでもある。まさに〝山鳴り〟だ。いったい何が起きているのだろう。足がすくんで動けなかった。風が山を渡る音だと気づいたのはしばらくしてからだった。山全体に神が宿っていて、意思があるかのようだ。

「五大にみな響あり、十界に言語を具す、六塵ことごとく文字なり、法身はこれ実相なり」(『声字実相義』)

地、水、火、風、空の五大はすべて仏の声や響きを具え持つ。十界(仏界から地獄まで）のいたるところに仏の言葉があり、意思を伝え合っている。色声香味触法の六塵つまり存在するものすべてがそのまま仏の文字でありメッセージであり、仏の御身は実在し、真理そのものに他ならない。

空海の言葉を借りれば、まさに山々や風や水や空が声を発し、響き合い、意思を伝え合っているかのような瞬間だった。あの山の鳴動も仏の言葉であり、メッセージなのだろうか。

雲辺寺の境内に着くと納経を終えたイーリンがベンチで休んでいた。「これは中国語の般若心経。なぜか〝一切〟という二文字がないの」と中国語の般若心経を見せてくれた。声に出して読んでほしいと頼むと、イーリンは快く応じてくれた。まだ雪が残る雲辺寺の澄徹した空気に、彼女の声が清々しく響く。説明を聞いていなければ、般若心経だと気が付かないほど日本語のそれとは音も抑揚も違っていた。「日本の般若心経と全く違って聞こえる」驚く私にイーリンが言った。「発音は違っても、人はみな同じ“belief”に生きているのよ」。

ロープウェイに乗るという彼女と別れて、別格十六番萩原寺《はぎわらじ》を目指して山を下る。しばらくは六十七番大興寺《だいこうじ》への道とひとつだ。「別れ道を間違えないように」民宿「岡田」

のおとうさんのアドバイスを思い出しながら道標を見失わないよう歩く。分岐点らしきところで地図を確認していると、ハイキングの人が登ってきた。「萩原寺へ行くにはこの道でいいですか?」尋ねると、「間違いないですよ!」と力強く答えてくれた。

そこからはやや荒れた急斜面をひたすら下った。雲辺寺から萩原寺までの道のりは、ロープウェイ山麓駅で約半分と聞いていたが、駅どころかロープウェイの気配さえない。相当歩いたはずだが……不安になりながらさらに下っていくと、また一人ハイキングの男性が登ってきた。「ロープウェイの駅はもうすぐですか?」と訊くと、男性は気の毒そうな顔をした。「まだやっと半分くらいです。この先も岩場が多くて滑りやすいので気をつけて!」。

がっかりして歩き出すと、俄に足取りが重くなった。ここ数日痛みがひどくなっている膝や腰に、岩場の下り坂が応える。「萩原寺に着いたら食べて」と「岡田」のおとうさんから接待のおにぎりをいただいたが、とても昼までには萩原寺に着きそうにない。気持ちも焦ってきた。滑って転びそうになる度に杖で身体を支えて堪える。

山路来て何やらゆかしすみれ草

こんな時いつも思い出すのが松尾芭蕉の一句だ。サンティアゴ巡礼のピレネー山脈でも、前回の四国遍路でも、山道ですみれに出会った。時代や場所、すみれの種類は違うが、芭蕉の〝すみれ〟はこれだ！　と思った。山道を越える時の不安と疲労の中で目にしたすみれ。そのゆかしさ愛らしさは、どれほど旅人を慰めてきたことだろう。歩く旅の苦楽は、今も昔も変わらない。それをすみれが記憶しているのだ。〝花の記憶〟は、歩き疲れた旅人にだけ差し出されるギフトだ。

キーッというような機械的な音が聞こえてきた。ロープウェイだ！　駅まではまだ距離はありそうだが、ほっと気持ちが落ち着く。このまま山道を下り山麓駅に辿り着けば、あとは萩原寺まで迷うことはない。

順調に下っていたはずだったが、なぜか下草や藪が増えて鬱蒼としてきた。ロープウェイからも離れた気がする。先ほど出会った人たちはこんなに荒れた道を歩いたのだろうか。山の一本道なので迷うはずがないのだが……。

二度目の転倒

戻るべきか……いや一本道を来たのだから、この道しかないはずだ。頭の中がパニックになっている。引き返すにも、草が生い茂りどこが道かわからない。人の気配はまったく消えていた。明らかに道に迷ったのだが、進むしかない。藪をかき分けながらとにかく下へ下へと向かって歩く。と、足が蔓に引っ掛かり大きくバランスを崩した。金剛杖で身体を支えようとしたが、杖までもが蔓に絡まり、前方に跳ぶように転倒した。

眼鏡が飛び、土と草の匂いが鼻をついた。腕や膝など打ったところは痛いが、遍路五日目に転んだときとは違いすぐに起き上がれた。歩き始めて約二か月、すっかり転び上手になっていた。「人生の最大の栄光は、決して転ばないことにあるのではない。何度転んでも起き上がることにあるのだ」とネルソン・マンデラ氏も言ったではないか。強がりを言って自分を励まし、道なき道をゆく。するとぽっと車道に出た。助かった！　泣きたくなるほど安堵した。やがてロープウェイ山麓駅の標識も現れた。ともかく然るべきルートに戻ったのだ。

車道を下っていくと左手にオレンジ色の柑橘類を実らせた畑が広がっていた。その向こうには讃岐平野が見える。車道を逸れてみかん畑から景色を眺めたらさぞや素晴らしいだろうと思うが、萩原寺まではあと一時間、予定より大幅に遅れている。そう思いまっすぐに行きかけて、すぐに踵《きびす》を返した。ここで五分ほど時間を取ったところで大した違いはない。畑に佇《た》つと遥かに瀬戸の島々が輝いていた。

写真を撮るため金剛杖を草の上に置こうとしたときだ。足元に季節外れのすみれの花が一輪咲いていた。まさに〝芭蕉のすみれ〟であった。遍路二日目に団栗に降られたときのように命の根源を思う。人もすみれも団栗もその意味で〝霊性〟に繋がる。

春の野にすみれ摘みにと来しわれそ野をなつかしみ一夜寝にける

（『万葉集』巻八・一四二四）

すみれを摘みにやってきた赤人が、春の野のあまりの懐かしさに一夜を明かしてしまったという歌だ。霊性は万葉の歌人山部赤人が詠んだ〝すみれ〟とも通う。

懐かしさとは命の根源へのそれであり、赤人は大地に身を横たえたとき、自分もすみれも一《いっ》であるという霊性を感受したに違いない。霊性について考え抜いた思想家の鈴木大拙は言う。「花鳥風月を支える大地に撞着するとき、霊性は輝き出るのである」（鈴木大拙『日本的霊性』岩波文庫）。

一時半、別格十六番萩原寺に到着した。納経の後、大急ぎでおにぎりを食べ、六十七番大興寺を目指す。三時半過ぎに大興寺仁王門に到着。運慶作とされる仁王像に迎えられる。これまでどれほどの仁王の「阿吽《あうん》」に迎えられてきただろう。「阿」は字音の最初で、万物の根源を表し、「吽」は字音の最後で、一切が帰着する〝涅槃〟を表す。

境内には本堂を挟んで二つの大師堂があった。左側は弘法大師を祀り、右側は天台宗第三祖天台大師智顗を祀る天台大師堂だ。一つの寺に真言宗と天台宗の大師堂があるのは珍しい。

本堂で読経を終えると、見覚えのある男性のお遍路さんがいた。これまでも何度か札所や遍路道で挨拶を交わしたことがある。「いよいよお遍路も残り僅かですね」と言うと、男性は少し寂しそうに微笑んだ。そして「失礼ですが、あなたの家の菩提寺は真言宗ではないですね？」と訊く。「禅宗です」と答えると、「やっぱり」と男性。私がいつも光明真言を唱えていないので、馴染みがないのだろうなと思っていたそうだ。

光明真言は密教で唱える真言の一つで、声に出して唱えることで心の中に仏の智慧の光が満ちあふれ、暗闇でさ迷っていても導き出してくれるのだという。「良かったら一緒に唱えましょう」。私は男性の隣に立ち、光明真言の一文字一文字を眼で追いながら唱えた。「声に出すことで自分の耳に入ってくるでしょう? それが大事なんですよ」。真言を繰り返し唱えることで、その功徳を聴き取り、加持感応し仏と一体となるのだ。光明真言は災いを祓い、魂を浄化する。「札所に限らず、どこでも光明真言を唱えると、清々しい気持ちになりますよ」。男性はそう言って寺を後にした。気が付けば、「涅槃の讃岐」香川県に入っていた。

息白く白く阿吽のあはひかな　　まどか

21　今日も遍路は同行二人

「涅槃の讃岐」

その夜、宿で一緒になった女性のお遍路さんの話では、最後の二、三日の宿が取れずにお遍路はみな往生しているらしい。多くの宿がコロナ禍で廃業した上に、いくつかの宿の臨時休業がたまたま重なってしまったようだ。

私はと言うと、結願を八十八番大窪寺にするか別格二十番大瀧寺《おおたきじ》にするか、はたまた前回同様一番霊山寺まで戻るか決めかねていたため、まだ宿の手配をしていなかった。「すぐに予約しないと寝る場所がなくなってしまいますよ」。女性に促され、慌てて宿に電話をするがいずれも満室だった。どの札所を最後にするにしても、大窪寺の門前にある宿「八十《やそ》窪《くぼ》」には泊まりたいと思っていた。九十歳の大女将が戦後すぐの時期に遍路をしていて、その経験談を伺いたかったのだ。

しかしその「八十窪」も臨時休業中だった。なんとかお話だけでも伺えないかと頼むと、「十一月三十日午前中なら家にいるので、いいですよ」と快諾してくれた。これで今回の結願は札所ではなく民宿「八十窪」に決まった。スケジュールのすべてをそれに合わせて組み直す。幸いその前日は大窪寺に近い旅館が取れた。最後の一部屋だった。

翌朝の気温は4度。香川県に入ると途端に溜池を目にするようになった。水鳥を湛えて、溜池は朝霧に煙っている。並び建つ六十八番神恵院《じんねいん》と六十九番観音寺《かんのんじ》を打つ。十数年前、観音寺市の病院に入院していた私は、同じ病棟で親しくなった女性と散歩をしていて、この辺りでお遍路を見かけた。「いつか元気になったら必ず歩く」と私が言ったことを彼女はよく覚えていた。前回も今回も高知の家に泊めてくれた女性だ。

財田川に沿って遊歩道を行く。毎日病窓から眺めた懐かしい山並みが見える。当時のことが俄に思い出された。入院の初日、いろいろな検査があった。検査前の問診票で妊娠の可能性の有無を確認され、「ある」に○を付けた。X線撮影は中止になった。「赤ちゃんできてるといいねぇ」部屋に来た看護師は言ってくれたが、程なくして遅れていた生理がきた。

夕暮どき、そっと病院を出た私は財田川の畔をひとり歩いた。四十代半ば、ラストチャンスだった。我が子を抱くことは今生では叶わないのか。ただただ涙が頬を伝った。

病院は今も同じ場所に建っている。財田川や山の風景も変わらない。あの日の私だけがここにいない。しかし私の中には、強烈な痛みを伴ってあの日の私が存在している。涙が頬を伝った。あの日と同じ涙だった。

日照雨《そばえ》してまた日照雨して冬遍路　まどか

七十番本山寺《もとやまじ》を打ち、午後三時半に、七十一番弥谷寺《いやだにじ》の仁王門に着いた。ここから階段が五百四十段続く。死霊の集まる山とされ、昔は行き倒れになった遍路や行者が葬られた。岩山に囲まれるように建つ弥谷寺は日暮も早い。大急ぎで参拝を済ませ山を下りた。

今日の宿は寺の近くの温泉施設だ。疲れ過ぎたせいか食欲がなく、夕食は抜いた。テレビのスイッチを入れると天気予報で「今日の貯水率」を放送している。四国山地を挟んで高知や愛媛では台風や豪雨に苦しみ、香川では水不足に苦しむ。

翌朝は五時半に目が覚めた。予定より一時間遅いのだが、身体が重くてなかなか起き上がれない。「今日も歩くのか……」遍路に来て初めて思った。でも歩かねばならない。

もはや「歩くこと」は「生きること」になっていた。

大急ぎで支度をし、宿を出る。六時半、紺青の夜明けの空に星がひとつ残っていた。歩きはじめると眼下に朝焼けに輝く讃岐平野が広がっていて感動のあまり息を呑んだ。歩けることの幸せが全身に満ちてきた。今日も同行二人の一日が始まる。

比較的狭い範囲に点在する別格十八番海岸寺《かいがんじ》、七十二番曼荼羅寺《まんだらじ》、七十三番出釈迦寺《しゅっしゃかじ》、七十四番甲山寺《こうやまじ》を打って、弘法大師誕生の地七十五番善通寺《ぜんつうじ》に到着した。善通寺の宿を拠点に満濃池の畔にある別格十七番神野寺《かんのじ》を打ち戻す。神野寺まで片道13キロの往復だ。

満濃池

おん　あぼきゃ　べいろしゃのう　まかぼだら　まに　はんどま　じんばら　はらばりたや　うん

早朝の遍路道を歩きながら、覚えたての光明真言を唱える。真言とは密教で唱える真理を表す秘密の言葉だ。大日如来は私たちの心のなかにいると空海は説く。

男性のお遍路さんが言っていたように、真言を繰り返し唱えていると、自分の声を通して真言が耳から入り身体の内側が浄化され、力が満ちてくるような感じがしてくる。朝露を抱いて草々が輝いている。野の草も自分自身も無量の光で遍く照らされている。

向こうからやってきた散歩のおじいさんに「おはようございます！」と挨拶をすると、「おはようございます」と立ち止まって合掌した。おじいさんには、同行二人のお大師様が見えているかのようだった。右手にはかの金刀比羅宮が建つ象頭山が見え、行く手には讃岐山脈が霞む。

「法然上人御旧跡眞福寺」の石の道標が目に入った。一二〇七年、弟子の不始末により後鳥羽上皇の逆鱗に触れた上人は土佐（実際は讃岐）へ流罪となった。九条兼実の庇護の下、子松郷（現在の琴平周辺）で九か月間を過ごした上人は、遠流の地で布教活動を行ったのだ。讃岐には上人の足跡がそこここに残る。

腰の曲がったおばあさんが小さな男の子の手を引いて歩いてくる。挨拶をすると、「おはようございます」と返してくれた。「お遍路さんや。すごいなぁ。速いなあ」。田園地帯の集落を通りかかると、高齢の女性が家から出てきて、後ろ手を組んだまましばし小流れを覗き込み、また家の中へと入って行った。水量を確認するのが日課になっているようだ。

十一時、満濃池に到着した。香川県に入って多くの溜池を眼にしてきたがおよそ規模が違う。面積138ヘクタール、周囲20キロ、二市三町の田畑を潤す。池というよりは湖だ。おちこちに水鳥を浮かべて満濃池はさざ波を立てていた。

八世紀初頭に築造された満濃池は、幾度も決壊を繰り返した。中国で最新の土木技術を習得していた弘法大師に築池別当の勅令が下りたのは八二一年のこと。満濃池の改築と拡張工事を大師は請け負った。水流を塞き止めて勢いを弱め、堤防を補強する柵《しがらみ》や余水吐《よすいば》きと呼ばれる水路などを考案し、満濃池の修築は完成する。その技術は現代でも通用すると言われる。青々とひろがる満濃池は空海という人の類まれなるスケールの大きさを象徴していた。

神野寺は満濃池からほどないところにある。小ぶりの寺だが紅葉が美しく、手入れが行き届いていた。参拝を終え、納経所で御朱印をいただく。「異常気象で、今年は紅葉がいまひとつです」と納経所の女性。「それでもきれいで疲れが癒されます」「歩きですか?」「はい」「お一人で?」「はい」「一番から?」「はい」。女性は目を瞠った。そして「別格霊場への山道は歩く人が少ないから怖いでしょう?」と御守をくださった。「父の供養をしながら歩いているので結願までがんばります」そう言って御守を押し頂いた。

女性はこの近くに住んでいて、寺の住職が留守をする日だけ手伝っているという。そして彼女も区切りで歩いていた。「去年の夏に夫が亡くなって……」それまでは夫婦で歩き遍路をしていた。「きっと結願したかったと思うから……」。女性が納経所を手伝う日は、ご主人は境内を掃除しに来てくれた。「落葉を掃く主人の姿がいつもここから見えたんです。それがどんなに幸せなことだったか……」。彼女とほぼ同時にティッシュで涙を拭った。

話しているうちに女性と私は同じ年であることがわかった。誕生日は四日違いだ。「なんというご縁でしょう。納経所を手伝うのは今月は今日だけです。きっとあなたのお父様と主人が出会わせてくれたんですね」。ご主人が亡くなったのは彼女の還暦の誕生日の何週間か前。ところが誕生日にご主人からプレゼントが届いた。遍路姿の彼女の似顔絵だった。亡くなる前に手配していたのだ。

悲しみを抱えているのは遍路だけではない。「まだ二十番大瀧寺もあります。この後も気をつけて」女性は納経所の外へ出て、紅葉の下で私を見送ってくれた。傾蓋の出会いであった。

水の流れに沿って

翌朝の気温は18度、しかし午後になるにつれて下がるらしく予報では9度だ。この異常気象に身体がついていかない。ついていかなくても歩かなくてはならない。歩いているうちに身体が順応していく。九月からこの繰り返しだ。七十六番金倉寺《こんぞうじ》、七十七番道隆寺《どうりゅうじ》と打ち、丸亀市に入った。道沿いに「法然聖人櫂堀之井戸」の碑があった。流罪となった上人が着船した折、舟の櫂で岸を掘って真水を湧出させたと伝える。

途中何度か道に迷いそうになったが、「遍路道はたいてい水の流れに沿ってあります」という胡光先生からのアドバイスに従い、川がある方を選ぶと必ず正解だった。

水べりにしばらくありし遍路笠　黛執

七十八番郷照寺《ごうしょうじ》を打ち、坂出に入った辺りで遥か前を行くお遍路さんがいた。大きなリュックを負い、片足を引きずっている。あっと言う間に追いつき声を掛けると中年の男性で、身体の前にも大きな荷物をぶら下げていた。膝が痛いと辛そうにしている。

「今夜の宿は取れていますか？」と尋ねると、「どこに電話しても満室で、たまに空いているとひどい宿ばかり。もう宿のことに縛られたくないので、今日は高松市内のネットカフェかどこかに泊まります」と男性。

初めての遍路かと訊くと、二度目だと答えた。「といっても一度目はお父さんと車で巡ったから。歩くのがこんなに大変だとは思いませんでしたよ」父は数年前に他界したという。「お父様のご供養なんですね？」「それもありますが、お袋のためです。亡くなる直前に言ったんですよ。〝私も四国遍路をしたかった。歩いて巡りたかった〟って」。父の供養、そして亡き母の代参であった。

七十九番天皇寺《てんのうじ》で参拝していると、先ほどの男性が着いた。気軽に声を掛けられない雰囲気だった。彼はリュックを背負ったまま、読経するわけでもなく、本堂や大師堂を見て回っていた。ふと彼が向きを変えたとき、首から提げた両親の遺影が目に入った。見て回っていたのではなく、〝見せて〟回っていたのだ。

翌朝、坂出の宿から五色台を目指して出発した。昨日の男性はどこか泊まるところを見つけられたのだろうか。それぞれの悲しみを抱えて、今日も遍路は旅立っていく。

綾川を越えたところに保元の乱に敗れ、流罪となった崇徳院の雲井御所跡があった。

昨日は法然上人の旧跡を見た。さまざまな念が降り積もる地だ。八十一番白峯寺《しろみねじ》、八十二番根香寺《ねごろじ》と打ち、五色台を東側へ下りて、別格十九番香西寺《こうざいじ》を打つ。八十番国分寺《こくぶんじ》に着いたのは閉門時間ぎりぎりだった。明日は別格霊場の最後の札所、二十番大瀧寺を打つ。

結願が三十日、民宿「八十窪」と決まったので、大瀧寺には塩江から登るのが道順として効率的だ。塩江に宿を探していると、たまたま高松に暮らす友人から連絡があった。彼女の組織する団体が塩江で度々ワークショップを行っているという。彼女が段取りをしてくれ、塩江の民家に泊めていただくことになった。

翌朝、彼女も一緒に大滝山を登る。泊めてもらったお宅の方が、「山男」と称される男性を助っ人に頼んでくれた。山男はリュックのポケットに鉈を突っ込んで颯爽と現れた。途中の荒れた山道は彼が先頭を歩き、鉈で枝を打ち絡んだ蔓を伐りながら進んだ。

昼前に標高920メートルにある大瀧寺に到着した。最後の別格霊場だ。ちょうど二枚残っていた別格霊場の納め札を友人に渡し、共に読経した。いつか遍路をしてみたいという彼女に、遍路半ばにいただいた錦の納め札をプレゼントした。

血尿が出たのはその夜のことだ。正確には「横紋筋融解症」といい、激しい運動により筋肉が壊れてその成分が流出して赤くなるらしい。連日の別格霊場と遍路ころがしが身体に相当応えていた。

鈴の音の聞こえて遍路まだ見えず　　黛　執

22　悲しみと共に生きるとは

〝笑まふ〟

翌日は屋島までしばらく高松市内を行く。大型ショッピングセンターではハロウィンやクリスマスの飾りつけが賑やかにされていた。買い物客にとってはそれが紛れもない実体の世界なのだろうが、遍路の私にはすべてが儚い幻の世界のように思えた。

自転車の学生たちはイヤホンで音楽を聴いているのか、車の騒音で聞こえないのか、挨拶をしても知らんぷりで通り過ぎていく。大きな街では日々の〝実体〟のすべてがベルトコンベアーに載せられて流されていくようだ。

ウイリアムにダウンロードしてもらったアプリが示す道は小川に沿った遊歩道で歩きやすかった。彼に感謝だが、いつか歩きたいと思っているカンタベリーの道もダウンロードしてもらうべきだったと少し悔いが残る。

歩きはじめて二時間、高松のシンボルである屋島が指呼の間に見えてきた。平安末期、源氏によって都を追われた平家が再起をかけて拠点とした地だ。八十四番屋島寺《やしまじ》への道には、有名な「加持水」がある。弘法大師が加持祈禱をしたところ、水が湧き出した。干ばつで他の池や井戸水が涸れても、この湧水だけは絶えることがないと言われる。

屋島寺の境内に以前同じ宿になったアメリカ人のチャールズがいた。「チャールズ！」声を上げると、彼はサングラスを持ち上げて目を凝らした。「まさか！」チャールズは子供のようにはしゃいで再会を喜んだ。身体が大きな彼は膝をひどく傷めていた。「膝の具合はどう？」と訊くと、「膝、太もも、脛、かかと、ふくらはぎ、あれから痛いところは毎日変わったんだけど、なぜか今日はどこも痛くないんだよ。遍路で初めて足が痛くない日なんだ！」そしてウィンクをすると、こう付け加えた。「だから今祈ったんだ。神様、どうか僕に痛みをください、とね」。

チャールズは世界中を旅している。「日本は安全だし、食べ物は美味しいし、人は礼儀正しく親切で本当に素晴らしい国だ」。サンティアゴ巡礼もしたが人が多過ぎたとこぼした。「それに比べて四国遍路はどうだ。最近混んでいると聞いたけど、君はここ数日で出会った唯一のお遍路さんだ！」。これまで旅したなかで印象的だった場所を尋ねると、「カンタベリー巡礼」と答えた。

その夜ニュースを見ていると、弟を戦闘で亡くしたウクライナ人女性が遺影に花を供えながら涙に暮れていた。「この悲しみはいつになったら消えるの……」。

……哀しい哉　哀しい哉　哀《あはれ》が中の哀《あはれ》なり
悲しい哉　悲しい哉　悲《かなしみ》が中の悲《かなしみ》なり……

弘法大師でさえ、後継者としていた愛弟子の智泉が亡くなった折には、嘆きに嘆いている。「さとりをひらけば、……この世の悲しみ、驚きは、すべて迷いのつくり出すうたかたのようなまぼろしとは、知ってはいるけれども、……今わたくしと対になっているともいうべき汝というかじを失って、……ああ哀しいことよ。哀しいことよ。哀しいといってかえらぬこととは知りながら哀しい。ああ悲しいことよ。悲しいことよ。悲しいといってかえらぬこととは知りながら悲しい。……」（弘法大師空海全集編輯委員会編『弘法大師空海全集』第六巻〈筑摩書房〉収録、『続遍照発揮性霊集補闕鈔』巻第八）。

愛する者を亡くした悲しみの感情を一人の人間として述懐した大師は、その後に密教の教えを展開させる。「迷いにおおわれている人々も、すべてこの真理をさとって、すみやかに仏の世界を体得しうるようにさせたまえ」。

両親の遺影を胸に掲げて歩く男性遍路も、納経所の女性も、それ以前に出会った多くのお遍路さんもそれぞれに悲しみを抱えて、今日を懸命に生きている。悲しみの深さは死者への思いの深さであり、死者の生前の思いの深さに他ならない。悲しみにあるときこそ、仏はそばに寄り添う。悲しみと共に生きることは、死者と共に生きることであり、仏の導きのなかに生きるということでもある。

翌朝七時に屋島の宿を出発。今日は八十六番志度寺《しどじ》まで打つ予定だ。檀ノ浦へとそそぐ相引川を越え、旧牟礼町に入った頃から急に強風が吹き始めた。弘法大師が創建した洲崎寺には誰もおらず、ただ大銀杏が風で葉を散らしていた。屋島檀ノ浦の戦いを表現した庭には黄葉が降り積もっている。十七世紀に『四國徧禮道指南』を記し四国遍路を庶民に広めた眞念の墓がこの寺にある。大師像に隣る眞念の墓もまた、黄落のなかにあった。

凩や同行二人もろともに　　まどか

八十五番八栗寺《やくりじ》への道は、地元の方の尽力で旧遍路道が整備されていた。山道に入るところでフランス人カップルと一緒になる。これまでも何度か会っていたのだが、いつも笑顔で挨拶を交わす彼とは対照的に、彼女の方は無愛想で、拒絶されているような印象さえ受けていた。

「この道は最近歩けるようになったそうよ」と説明すると、「ありがたいわ」と彼女。「足は大丈夫？　宿は取れてる？」と訊くと、「足はなんとか持っているけれど、宿はお手上げよ」と肩をすくめた。「困っていることがあれば遠慮なく言ってね」と言うと、「ありがとう！」と顔を綻《ほころ》ばせた。初めて見る彼女の笑顔だった。古語で花が咲くことを「笑《ゑ》まふ」と言うが、まさに一輪の薔薇がひらいたかのようだった。

八栗寺の境内で、何軒かの宿に電話をして彼らの宿の手配をする。「やったぁ！　これでもう宿のことで悩まなくて済むのね」と彼女が叫んだ。そして二人の名前が書かれた納め札をくれた。私も自身の納め札を渡すと、「ありがとう！　日本人から初めてもらった納め札よ」と彼女。「あと二日で遍路も終わりだと思うと、すごく寂しいよ」彼の言葉に彼女が頷く。

一足先に出立する私が声を掛けた。「Have a beautiful day!」彼らは笑顔で手を振った。「You too!」。隔てていた見えないバリアが取れ、気が流れ合い、心が溶け合ってゆく。バリアは第一印象や思い込みによって作り上げていたものに違いない。その〝因〟が〝縁〟となって、距離が縮まらなかったのだ。しかし、ばったり山道の入り口で出会ったことで言葉を交わし、誤解が解け、バリアが消えた。その〝因〟によって、かけがえのない〝縁〟が生まれた。

終始不機嫌で冷たい表情の彼女も、薔薇がひらくように笑う彼女も「空相」に過ぎない。遍路の間中向き合ってきた「空」だが、一人の女性との出会いを通して、少し捉えることができた気がする。彼女の変化が、私に「空」の理解をもたらしてくれたのだ。

お大師様の「ありがとう」

つくづくと同行二人秋の風　　まどか

午後三時過ぎ、志度寺に着いた。本堂の脇に置かれたベンチに座り、脇目も振らず光明真言を唱える青年がいた。お遍路ではなさそうだ。西日の中で一心不乱に真言を唱え続ける姿は、北条の漁港の堤防で手を振り続けていた男性を髣髴とさせた。青年は西日と溶け合い、一部となり、光を放っていた。

いったい何回唱えただろう。「こんにちは」立ち上がった彼に声を掛けた。近くに住む学生で、毎日学校の帰りにここで真言を唱えているそうだ。真言を唱えていて何か感じることはあるかと尋ねると、彼は言葉を詰まらせた。「すみません。上手く言えなくって……」。あまりに不器用で素直な返事に、戸惑った。「いえ、こちらこそ不躾《ぶしつけ》にごめんなさいね」。

海に面した宿の部屋からは夕焼けに染まる屋島と五剣山が見えた。その上には全《まった》き月が上がっていた。フランス人カップルとの掛け替えのない出会いも源平合戦も、等しく遠いことのように思えた。

翌朝も冷え込んだ。持ってきたものをすべて着込んで宿を出発する。明日の3キロのみを残して、遍路は今日でほぼ終わる。「おはようございます！」車道の向こう側の四阿で休んでいた男性に挨拶をすると、「遍路道はこっちだよ」と教えてくれた。ちょうど遍路道との分岐点だった。お大師様はこうして最後まで導いてくださる。車道を渡って四阿に立ち寄る。「このすぐ脇を行けばいいからね」男性は逆打ちだった。汗ばんできたのでダウンジャケットを脱ぎ、山茶花が散り敷く四阿で一人休んでいると、高齢の男性がお盆にコーヒーと焼芋を載せて運んできてくれた。すぐ裏にお住まいだという。男性は問わず語りにご自身のことを話し出した。

五十代半ばで勤めていた会社を早期退職することを決意。父が一人で営んできた桃と米の農家を継ぐことにしたからだ。「ところがその話をした途端に父親がみるみる小さくなっていきよる」そして三か月後に他界したというのだ。享年八十二歳。病名は判明しなかった。それまで過酷な農作業をほぼ一人でやってきた。「きっと後継ぎができてほっとしたんやろなぁ。まだまだ教えてもらわなならんことがあったのに」。

男性の話に、民宿「徳増」のおばあちゃんを重ねていた。限界まで働き、寿命を全うしたのだ。父もまたそうだった。死の淵でまで俳句を詠み続け、病床で詠んだ句は二か月で二百句ほどになっていた。それぞれに〝大往生〟を遂げたのだ。

遍路道は車も通らず長閑だった。「今日は温《ぬく》いから歩くのにええねぇ」と縁側のおばあさん。九時半、八十七番長尾寺《ながおじ》に到着した。実は前回の遍路で、私はこの辺りで不思議な体験をしていた。突然ある女性が私の守護霊について語り出したのだ。拙著『奇跡の四国遍路』では、通りがかりの人という設定で書いたが、実際は泊まった宿の娘さんだった。

他家に嫁いでいて滅多に帰ってこない娘さんが、その日は突然帰ってきた。夕食時、彼女が女体山の登り方をお遍路さんたちに説明していたときだった。「大丈夫かしら？」私がそう独り言《ご》ちると、「大丈夫、今までもなんとかなってきたでしょう？　っておっしゃっています」彼女は私を見ずに話しつづけた。「おじいさん子でしたね。あ、でもおばあさんもおられる。昔のご先祖様も、他人の方も……」そして最後にこう言った。「あなたは寅年ですよね？　寅年の守護仏というのがあるらしいのです。その守護仏を信仰するようにとおっしゃっています」まさに寅年生まれだった。

私は遍路中は本名ではなく〝お遍路ネーム〟を使っているので、彼女は私の経歴など知る由もない。摩訶不思議な体験だった。「きっとあなたに伝えたいことがあったんでしょう」と宿のおかあさん。子供の頃からそういう力があったのだそうだ。

その娘さんに再会できるかどうかはわからなかったが、今回もその宿に泊まるつもりだった。しかし、宿は休業中だった。せめておかあさんに挨拶だけでもして行こうと立ち寄ると、豈《あに》図らんや娘さんが出てこられた。おかあさんは一時体調を崩して入院していたが、今はリハビリ中だという。そのうちに娘さんの話す感じが変わった。「どこかのお寺で大きなお地蔵様を拝まれましたか？　あなたの後ろに付いて守っておられます。それからお父様は亡くなられた時すっと高いところへ上がられました。だからあまり悲しまないでください。お父様はあなたのことを一番案じておられます」。六年前と同じようにやはり彼女は私を見ていなかった。

「この後大窪寺をお参りするとき、山門のところで生温かい風が吹くはずです。その時にお大師様の声が聞こえますすよ。〝ありがとう〟って」。お大師様に感謝しているのは私の方なのに、意味がわからなかった。「お大師様が、私にですか？」「そうです」ときっぱり言う。

娘さんはたった今実家に戻ったところだと言った。「でも家の用事があるからすぐに帰らないといけないんです」。そのわずかな滞在時間に私は宿を訪ね、彼女と再会したのだ。前回といい今回といい、「計らい」を感じずにはいられなかった。

23　すべては「計らい」のなかに

光明真言

結願へ遍路の鈴の韻《ひびき》かな　黛　執

いよいよ遍路もラストスパートだ。大窪寺へのルートは前回は女体山を越えたので、今回は旧遍路道の花折峠を越える。前山ダムから旧遍路道に入ると、車も人の気配もなくなり、時折猪の声が聞こえてきて怖くなった。

六年前、宿の娘さんが言った寅年の守護本尊とは、虚空蔵菩薩だ。以来虚空蔵菩薩の御守を身に付けるようにはしていたが、それ以上のことはしていなかった。空海が虚空蔵求聞持法の行で唱えた虚空蔵菩薩の真言を唱えることにした。

のうぼう　あきゃしゃ　きゃらばや　おん　ありきゃ　まりぼり　そわか

静まり返った山中で聞こえてくるのは自分の声だけだ。どれほど唱えただろうか。今度は般若心経を唱える。

……心《しん》無《む》罣《けい》礙《げ》　無《む》罣《けい》礙《げ》故《こ》　無《む》有《う》恐《く》怖《ふ》　遠《おん》離《り》一《いっ》切《さい》顚《てん》倒《どう》夢《む》想《そう》　究《く》竟《きょう》涅《ね》槃《はん》

すべてのものは「空」であると般若心経は繰り返し説く。私たちが認識するものすべてが、実体でありつつも「空」なのだと覚り、心に罣礙（こだわり）がなくなれば、何も恐れることはない。あらゆる間違った考えや妄想から離れ、ありのままを見れば、絶対的なやすらぎの境地である「涅槃」が完成する、と。

父が存在していた時間も、前回の遍路も「空」であり、父が亡くなった後の時間も、今回の遍路もまた「空」なのだ。仮に子供を授かっていたとしても、それは「空」に過ぎない。私たちが基準としている分別だけが絶対的な実体ではなく、それを超脱すれば、やすらぎの境地に到達できるということだろう。結願が近づき自分のなかでの「空」の輪郭が見えてきた。

伊予小松の宿で出会った男性の言葉が甦る。「人間も宇宙も素粒子でできています。ということは私たちは大宇宙の一部なんです」。鳥もすみれも土も死者も素粒子という一つながりにあり、〝わたし〟という実体も、〝わたし〟をとりまく実体もない。小さな自我を超克した大いなる真我大我《だいが》だ。

自然のなかを歩いているときに稀に私が体験する〝一切の「境界」が無くなる〟という感覚は、素粒子という一つながりにあり、「空」のなかにあったのか。あらゆる命と根源を〝一《いっ》〟にする。すべては「空」であり、「空」はすべてであった。

おん　あぼきゃ　べいろしゃのう　まかぼだら　まに　はんどま　じんばら　はらばりたや　うん

無意識のうちに光明真言を唱えていた。心の深奥から光が満ち溢れ、周囲の自然と感応している。木々や空、雲、風、道までもが光を放っていた。大袈裟ではなく、私の根っこにある魂「アートマン」と宇宙の根源である「ブラフマン」が共鳴し、梵我一如の入口を垣間見たような気がした。

恐怖は消え、ただ身体中に喜びが溢れていた。気が付けば大窪道に出るまでの約二時間、雑念はほとんどなかった。一瞬たりとも「無」になれないと悩んでいた私が、二時間も「無」でいられたのだ。

「無」は訪れるものであった。

枯野より出でて虚空へつづく道　　まどか

江戸時代の遍路墓が幾つも残る大窪道に入った。落葉を踏みしめながら遍路の日々とゆくりなき出会いを振り返る。初日の朝、電車の中で出会ったドイツ人青年、〝成行き〟を大切にしたフィリップ、家族の供養をしながら歩いていた多くのお遍路さん、野宿の青年たち、スーザン、自分のことを極道と呼んだお遍路さん、温かく迎え送り出してくれた宿のおかあさんたち、「岡田」のおとうさん、引籠りの青年たち、〝empty〟を求めて歩きにきたウイリアム、「無は訪れるもの」と教えてくれたお遍路さん、「光明真言」を教えてくれたお遍路さん、中国語で般若心経を読んでくれたイーリン、夕焼けの堤防で手を振っていた男性、土砂降りの雨の中ですれ違った一団、お接待で言葉を交わした数え切れない地元の人……それぞれに尊いメッセージを伝えてくれた彼らはみな仏の弟子であり、まさに五百羅漢であった。

私はメッセージの一つ一つに意味を見出そうとし、考え、紡ぎ、自らの体験を反射させて幾度も編み直しながら1600キロを歩き通した。それは空海からの、そして亡き父からのメッセージでもあった。遍路二日目に五百羅漢の中に父に似た像を探したが、五百羅漢のどれか一つではなく、集合体が父だったのだ。

人生即遍路

四時、ロビーの暖炉に火が入った宿に到着した。案内された部屋の掛軸の書は「寿」だった。金剛杖を「寿」の傍らに置く。

その夜、一通の短いメールを受け取った。かつて勤めていた銀行の上司で、奥様を亡くされた後お一人で二度歩き遍路をされている。私が再びの遍路に出たと伝え聞き、もう一度歩くことを決意したというのだ。「八十一歳、最後の遍路になるでしょう。最近認知症を患い、散歩に出ても道をすぐに忘れて迷います。すると周辺の人がみな親切に教えてくれます。遍路と同じです」。熱いものが込み上げてきて、私はメールに頭を下げた。遍路最後の夜は静かに更けていった。

翌日は早朝から雨が降っていた。「雨雲レーダーではあと一時間ほどで止むんですけどね」と朝食会場で顔を合わせた男性のお遍路さん。しかし十時に「八十窪」を訪ねる約束があるため、とても一時間は待てない。

宿の傘を借りて玄関を出ると、雨は止んでいた。雲の切れ目からまばゆいほどの光が差している。最後の最後まで同行二人、お大師様に守られていることを実感する。「大窪寺までは3キロ程ですから」と女将さん。1600キロに及ぶ遍路の最後の3キロだ。

舗装された道をしばらく行くと、「大窪道」と書かれた道標が目に入った。廃れていたこの区間の旧遍路道を歩けるようにと地元の人たちが整備してくれたそうだ。

小川に沿って、雨に濡れた散紅葉を踏みながら歩く。最後にこんなギフトが待っていたとは！　水音と鳥の声、落葉を踏む音……自然の響きに呼応するように、それらと根源を一つにしている私の身体も響きを発している。命と命の呼応と言ってもいい。人口に膾炙した弘法大師の七言絶句が口を突いて出た。

後夜に仏法僧の鳥を聞く

閑林に独坐す草堂の暁
三宝の声一鳥に聞く
一鳥声有り人心有り
声心雲水倶に了了

（前掲『弘法大師空海全集』第六巻収録、
『続遍照発揮性霊集補闕鈔』巻第十）

静かな林の中にある草堂で、明け方一人坐禅をしていると、一羽の鳥の声に「仏・法・僧」三宝の声を聞いた。鳥が声を上げて法を説き、人に仏心が自覚される。鳥の声、人の心、山中の雲と水はいずれもともに明らかなさとりの表れである。

前回は大窪寺で忘れがたい再会があったが、今回はどうだろう。叶うとすれば、再会したいのは引籠りの青年たちとウイリアムだった。青年たちに遍路を通して変化があったか知りたかったたし、ウイリアムには〝empty〟になれたか聞きたかった。もしウイリアムに会えたら、次は「カンタベリー巡礼」をするという〝サイン〟に違いない。しかし私は別格霊場も打っているし、そもそも歩くのが速い彼らはとうに結願しているはずだ。期待はせず「成行き」に任せることにした。

九時十五分、八十八番大窪寺に到着した。仁王門の前に立った瞬間一陣の生温かい風が吹き抜けた。昨日会った宿の娘さんが言った通りだった。しかしお大師様の声は私には聞こえなかった。境内で参拝していると、今朝宿で会った男性のお遍路さんも到着した。他にお遍路さんはいない。「人生即遍路」山頭火の碑があった。

約束の時間に「八十窪」を訪ねると、娘さんが出迎えてくれた。安部君枝さんは昭和八（一九三三）年生まれの九十歳。身体が弱かった君枝さんのことを案じた母が願掛けをし、十六歳でお遍路に出された。お椀とおりん、お米三升を持たされて白装束で出立したのは三月末のことだった。木賃宿や善根宿、通夜堂、茶堂に泊まった。「藁小屋は温かかった」。洗濯は川でした。草鞋は藁をもらって自分で編んだ。

戦後すぐのことだったのでまだ貧しく、今のようなお接待はなかった。食べるために門付もしたが、たいていは「行け、行け！」と追い払われた。女性やおばあさんはお米や豆などこっそり食べ物を分けてくれた。

当時の遍路の多くは難病患者や障害者だった。手のない人、脚のない人……「みんな生きることで必死だった」。泣かない日はなかったが、絶対に生きて帰ると心に誓った。出立から四か月半、ようやく懐かしい我が家に帰ることができた。玄関で「ただいま〜」と言ったが、母はしばらく家の奥からじっとこちらを見ている。「あんまり痩せて黒くなっていたからわからんかったんやろ」。もう戻らないかと思ったと、彼女を抱きしめて泣いたという。

お蔭で九十歳になった今もお元気だ。「今時のお遍路さんは幸せ」と君枝さん。結願のお遍路さんのために「八十窪」では毎晩決まって出す料理が三つある。赤飯、鯛の刺身、そうめんだ。物価は上がっても、宿泊料金は上げない。「私の一生は、お遍路と共にあるの」君枝さんは終始穏やかな表情で語ってくださった。人生即遍路だ。

大窪寺門前の茶店で甘酒を飲み身体を温める。バスの出発時刻までまだ時間があるので、もう一度大窪寺を参ることにした。今度は本堂正面の二天門から入る。石段を上って境内に着いたときだ。左手から白装束の一団が現れた。引籠りの青年たちだ！　たった今女体山を越えて来たという。

「結願おめでとう！」「ありがとうございます！」みな晴れやかな顔をしていた。「途中体調を崩して歩けなかった区間があるんで、必ずそこを歩きにまた四国に来ます！」と一人。初めて会った日より皆逞しくなっていた。視線を感じて境内を見回すと、もう一人、お遍路さんがベンチに座ってこちらを見ていた。「H・i！」ウイリアムだった。途中広島などを訪問していたそうだ。

「歩き通して〝empty〟になれた？」と尋ねると、「う〜ん、ときどき」と正直に答えた。「例えば山道でスートラを唱えているときには〝empty〟になっていることがありました」

「私も。まったく同じ体験をしたわ」。青年たちとウイリアム。彼らとの奇跡的な再会こそ〝有難し〟であり、お大師様の「ありがとう」だった。

「カンタベリーの道をダウンロードしてくれない？」ウイリアムに頼むと「もちろん！次はカンタベリーですね」とウイリアム。ようやく一つの巡礼が終わったところだと言うのに、もう次の巡礼のことを考えている。彼も私も「サン・テーレ（歩く人）」なのだ。

皆少し痩せたように見えるが目は澄み切っていた。それぞれに悲しみや懊悩を抱えて出立した遍路だった。しかしこころの闇から目を逸らさず、日々それらと向き合い、脚の痛みや体の不調と格闘しつつ歩き通した。

闇を見つめることは、同時に光から離れないことでもある。光があるから闇があり、闇こそが光を存在させる。闇を突き詰め、闇の端が少し捲れたとき、光は零れ落ちる。自然の中に身を投じて歩くうちに、森に降った雨が濾過されて清水となるように、心は濾過され澄んでいたに違いない。

「記念写真を撮りませんか」思い思いのポーズで写真に収まった。誰かが気付いた。「あれ、このメンバーって岩屋寺への道で迷った七人じゃないですか？」岩屋寺を打った日、道を間違えた七人が揃って同じ日の同じ時間に結願したのだ。道標通りに歩いてきたのに、なぜ道に迷ったのか。あの時は理解に苦しんだが、今にして思えば、それも美しい〝つづれ織り〟の裏側だったのだ。

すべては「計らい」のなかにあった。

濁れる水の流れつつ澄む　　山頭火

エピローグ――「歩行する哲学」と空海の宇宙

六年ぶりに再びの四国遍路を行った。三年前に他界した父の供養、母の健康祈願、そしてウクライナやロシアの友人たちの無事を祈りながら歩いた1600キロの道のりであった。

大いなる夕日の中へ遍路消ゆ　黛　執

思えば、私の巡礼への憧憬はこの一句にはじまったように思う。疲れ切った遍路の後ろ姿はシルエットとなり、大きな夕日の中に吸い込まれるように消えていく。夕日は金色燦然たる光を放ち、真手をひろげて巡礼者ひとりひとりを抱きとめる。日の沈むそこは西方浄土であり、仏陀の住む絶対的な浄刹だ。煩悩にまみれ苦悶しながら生き抜き、歩きつづけた者が辿り着く安寧の地だ。

背に負った重い荷物にあえぎながら、身体の痛みに耐えながら巡礼者は歩き継ぐ。人はみな旅人で、それぞれに違う背景を持ちながらも結局は同じところへ向かって歩いているのだ……そう腑に落ちたのは、北スペインのサンティアゴ巡礼道を歩いているときだ。

歩いているこの途上こそ、いや「歩く」という行為こそが即「生きる」ことであり、すべての根本ではないか。歩いているとそのことが身体でわかる。普段より遥かにさまざまなことを感じるようになるのだ。出会い、考え、人生を紡ぐ。身体を根っこにした思考こそが、生き物としての人間本来のものであり、それをもっと信頼すべきではないか。〝頭も含めた身体〟で考え、生きるということだ。

「歩くということは、転倒の始まり」と言ったのは、哲学者のロジェ＝ポル・ドロワだ。「片方の足を前に出すと身体が傾き、転びかける。それが回復されると、また転びそうになる。だが、すぐに持ち直す。休みなくそれが繰り返される。歩くという行為は、たえず転びそうになりながら転ばないことで成り立っている。……いつも倒れかけ、不安定に向かっていくことをやめない。不安定の中で安定する。不安定を作り出し、それを維持し、そこに身を落ちつける」（ロジェ＝ポル・ドロワ『歩行する哲学』土居佳代子訳、ポプラ社）。

「歩く」という行為を分解していくと、驚くほど複雑な一連の動作を無意識にやっていることがわかる。山の中の遍路道などを歩いていると、それが意識化され実感できるようになる。歩くという行為の〝不安定さ〟は、少しの変化にも即座に反応できるよう私たちの感度を上げる。それは周辺の環境が発するエネルギーを敏感に受け取る能力を高めることだといえないだろうか。

本文にも書いたが、歩きつづけているとそれまで私を覆っていたバリアが消え、周囲と自分に「境界」がなくなっていく。

境界とは、自己と他者、人と自然、この世とあの世、生者と死者、内と外、現在・過去・未来などだ。自然の中では、木々や草花、鳥、虫、生き物が命の波動を交わしているが、境界が消えると、他の命と自分の命が共鳴し、同期していくのがわかる。見えない世界ともだ。生者と死者との間に見えない「縁」が縦横無尽に繋がり、その中で生かされているということを、一つ一つの体験を通じて実感した。同時に「自分」というフレームが消えるとマインドセットが変わり、それまでの自分とは違う思考が表出する。

昔は、どこへ行くにも歩いて行った。「移動する、どこかへ行く、狩りに行く、畑へ行く、旅行する、誰かを訪ねるには、当然、「歩くこと」が前提だった。……そしてそれは、家の中でベッドからドアまで歩くのと、同じくらい単純なことだった」(同前『歩行する哲学』)。〝歩くこと〟が人間の行動の前提ではなくなり、ウォーキング、散歩など独立した行為になったのは近代に入ってからのことだ。

「長く歩くことへの回帰は、肉体のゆっくりした進み方や筋肉や呼吸への負荷を通して、私たちを自然の中に再び組み入れる。……昔からの、深く、宇宙的なリズムが戻ってくる」とドロワは説く。

空海は四国の自然に若き身を投じ、修行に明け暮れた。苦行を通じて獲得したのは、深く宇宙的なリズムだっただろう。身体と思考が直結し、身体とこころが一つになるという体験だったに違いない。都の大学の学問では決して得られなかった生きることの核心に、修行中に触れたのだ。

自然の一部に組み込まれた空海は宇宙の意思と同調するようになる。そしてある朝、明星が口に飛び込むという決定的な経験をする。根源的なものが覚醒したのだ。

今回の遍路も摩訶不思議な出会いに満ちていた。そしてそれらと遭遇するたびに仏教の「空」と「無」に向き合うことになった。「空」も「無」も追えば追うほど逃げ水のごとくに遠のいていく。ようやく摑みかけたと思ってもあっという間に指の間からこぼれ落ちた。

しかし身体を使って歩いていると、私たちが日頃それに依っている道理を超えた道理があるということを確かに感じる。私たちが基準としている分別だけが絶対的な実体ではなく、それを超脱したとき、安寧の境地に到るのだ。そして、私たちが認識するものすべてが実体でありつつも「空」なのだと覚ることができるのだろう。

私が迷い煩悶しているとき導いてくれたのが弘法大師空海だった。「同行二人」……お大師様は蝶となり、花となり、風となり、またある時は道行く人に姿を借りて、私にメッセージを発した。空海が応えてくれなかったことはない。

ひとりで山に分け入ると、そこには静寂が満ちていた。私が黙ると途端に鳥どちは囀り出し、虫は鳴き、木々はさやぎ、川は水音を奏でた。それらは空海の言う大日如来のはたらきであり、精霊の声であり、神の意思であった。

結願から半年後の二〇二四年四月から六月にかけて、奈良国立博物館で空海生誕一二五〇年を記念した特別展「空海　KŪKAI ― 密教のルーツとマンダラ世界」が開催された。私も足を運んだが、博物館を囲むように伸びた長い人の列に圧倒された。「空海さん、えらい人気やな。連日こんなに人が入るとは思わんかったわ」と近くの茶店の主。私自身も正直これほど混雑するとは思っていなかった。その熱気は、空海という人のダイナミズムを象徴していた。

修理後初公開となった高雄曼荼羅（両界曼荼羅）や師恵果から譲り受けた諸尊仏龕《ぶつがん》や法具など、見どころはたくさんあったが、なかんずく「御請来目録」に目を奪われた。唐から持ち帰った書物・法具・仏画など約五百点のリストだ。「虚空尽き、衆生尽き、涅槃尽きなば、わが願いも尽きなん」（『続遍照発揮性霊集補闕鈔』巻第八）。十メートルに及ぶ巻紙は、衆生救済を願い続けた空海の熱情と覚悟の具現でもあった。

四国を二周するうちに、途方もない空海の宇宙に入り込んでしまった感がある。密教さらには瑜伽《ゆが》と、深い森へ足を踏み入れつつある昨今だ。

そしてまた新たな旅が始まろうとしている。サン・テーレ（聖地へ行く人）の血が私を日常に留め置いてはくれないのだ。

最後になったが、お世話になったたくさんのお遍路さんたち、そして地元の方々にこの場を借りて厚く御礼申し上げる。

〝執筆遍路〟は、新潮社の阿部正孝様に大変お世話になった。拙稿を送る度に返して下さる感想は、〝お接待〟のように温かく私を励ましてくれた。連載したウェブマガジン「考える人」編集長の金寿煥氏と編集部の皆様、校閲の皆様にも心より御礼申し上げる。遍路中、一人居の母と留守宅を支えてくれた友人知人、事務所のスタッフにもあらためて感謝申し上げたい。すべてが「有難し」であった。

二〇二四年八月二十一日　かなかなしぐれの湯河原にて

黛まどか

【特別献辞】（敬称略）

・愛媛県歴史文化博物館
・ＮＰＯ法人遍路とおもてなしのネットワーク
・一般社団法人へんろみち保存協力会
・スモトリ屋　浅野総本店
・認定ＮＰＯ法人ニュースタート事務局
・四国村（公益財団法人四国民家博物館）
・胡光（愛媛大学法文学部 教授／愛媛大学四国遍路・世界の巡礼研究センター センター長）
・今村賢司（愛媛大学法文化博物館 専門学芸員）
・甲斐未希子（愛媛県歴史文化博物館 主任学芸員）
・北山健一郎（ＮＰＯ法人遍路とおもてなしのネットワーク 理事）
・浅津得
・田中未知子（一般社団法人瀬戸内サーカスファクトリー 代表理事）
・和田知己・佐登子
・松本豊基
・櫛谷匠
・名田みや子
・池ヶ谷実希
・柴田英徳
・安部君枝（民宿八十窪）
・Susanne Schellekens

主要参考文献

『弘法大師空海全集　全八巻』弘法大師空海全集編輯委員会編　筑摩書房
『四国路　日本の風土記』田岡典夫編　宝文館
『愛蔵版　般若心経入門　276文字が語る人生の知恵』松原泰道著　祥伝社
『図説般若心経』金岡秀友著　講談社
『空海とヨガ密教』小林良彰著　Gakken
『空海』松長有慶著　岩波新書
『密教』松長有慶著　岩波新書
『娘巡礼記』高群逸枝著　岩波文庫
『四国遍路八十八の本尊』櫻井恵武著　NHK出版
『四國徧禮道指南　全訳注』眞念著　稲田道彦訳注　講談社学術文庫
『同行二人の遍路　四国八十八ヶ所霊場』アルフレート・ボーナー著　大法輪閣
『四国遍路の世界』愛媛大学四国遍路・世界の巡礼研究センター編　ちくま新書
『四国遍路を考える　NHKラジオテキスト』真鍋俊照著　NHK出版
『歩く』ヘンリー・ソロー著　ポプラ社
『歩行する哲学』ロジェ＝ポル・ドロワ著　ポプラ社
『なぜ私だけが苦しむのか　現代のヨブ記』H・S・クシュナー著　岩波現代文庫
『放浪と行乞の俳人　山頭火読本　男はなぜさすらうのか　俳句とエッセイ別冊』牧羊社
『四国遍路日記』種田山頭火著　ゴマブックス

『遍路日記』荻原井泉水著　婦女界社
『空海の史跡を尋ねて　四国遍路ひとり歩き同行二人　地図編』一般社団法人へんろみち保存協力会編　へんろみち保存協力会
『空海の企て　密教儀礼と国のかたち』山折哲雄著　角川選書
『万葉集全訳注原文付　二　中西進著作集20』四季社
『新編飯田龍太読本』飯田龍太著　富士見書房
『仏教とは何か　ブッダ誕生から現代宗教まで』山折哲雄著　中公新書
『神秘体験』山折哲雄著　講談社現代新書
『日本的霊性』鈴木大拙著　岩波文庫

＊1～12は新潮社Ｗｅｂマガジン「考える人」(https://kangaeruhito.jp) 上で連載。13～23は新たに書き下ろした。

黛まどか　俳人。神奈川県生まれ。
1994年、「Ｂ面の夏」50句で角川俳句賞奨励賞。北里大学・京都橘大学・昭和女子大学客員教授。句集『北落師門』、随筆『暮らしの中の二十四節気』など著書多数。

Ⓢ新潮新書

1073

私《わたし》の同行《どうぎょう》二人《ににん》
人生《じんせい》の四国遍路《しこくへんろ》

著　者　黛《まゆずみ》まどか

2025年1月20日　発行

発行者　佐　藤　隆　信

発行所　株式会社 新潮社

〒162-8711　東京都新宿区矢来町71番地
編集部(03)3266-5430　読者係(03)3266-5111
https://www.shinchosha.co.jp

装幀　新潮社装幀室

印刷所　株式会社光邦

製本所　株式会社大進堂

ISBN978-4-10-611073-3　C0226

Ⓢ新潮新書

983
脳の闇
中野信子

承認欲求と無縁ではいられない現代。社会の構造的病理を誘うヒトの脳の厄介な闇を解き明かす。著者自身の半生を交えて、脳科学の知見を媒介にした衝撃の人間論！

987
マイ遍路
札所住職が歩いた四国八十八ヶ所
白川密成

札所の住職が六十八日をかけてじっくりと歩いたお遍路の記録。美しい大自然、幽玄なる寺院、空海の言葉……人々は何を求めて歩くのか——。日本が誇る文化遺産「四国遍路」の世界。

991
目的への抵抗
シリーズ哲学講話
國分功一郎

消費と贅沢、自由と目的、行政権力と民主主義など、コロナ危機に覚えた違和感の正体に迫り、哲学の役割を問う。『暇と退屈の倫理学』の議論をより深化させた、東京大学での講話を収録。

1017
男と女
恋愛の落とし前
唯川恵

不倫はすることより、バレてからが本番——36歳から74歳まで12人の女性のリアルな証言を恋愛小説の名手が冷徹に一刀両断。珠玉の名言にあふれた「修羅場の恋愛学」。

1018
貧乏ピッツァ
ヤマザキマリ

極貧の時代を救ったピッツァ、トマト大好きイタリア人、世界一美味しい意外な日本の飲料、亡き母の思い出のアップルパイ……食の記憶と共に溢れ出す人生のシーンを描く極上エッセイ。